集英社オレンジ文庫

映画ノベライズ

ひるなかの流星

ひずき優
原作／やまもり三香

映画ノベライズ

ひるなかの流星

CONTENTS

映画ノベライズ
ひるなかの流星

プロローグ

生まれて初めてやってきた東京は、故郷と地続きとは思えないほど、別世界だった。
吉祥寺《きちじょうじ》駅、駅前——のロータリー。
すずめは、ただきょろきょろと周りを目で追っていた。
せわしなく行き交う、見渡す限りの人、人、人…。
歩道を埋めつくす混雑の中、誰もが目の前を一瞬で通りすぎていく。
「……異次元。東京異次元……」
今まで見たことのない光景に、なすすべもなく立ちつくした。
与謝野《よさの》すずめ。十六歳。高校二年生。
八月も終わりに近い今は、まだかろうじて夏休み。でも遊びに来たわけではない。
おでこに浮いた汗を手でぬぐい、すずめは大きく息をついた。
少し落ち着こう。

にぎりしめたメモの中の、手書きの地図を見つめる。

これが現在の命綱《いのちづな》だ。これから、この地図だけを頼りに目的地まで行かなければならない。

(――――よし)

意を決して歩き出してはみたものの……。

すずめは数分もしないうち、道に迷っていた。

同じところをウロウロしては、行き止まりに突き当たり、チラシを配る外国人とぶつかりそうになる。

「熊本《くまもと》諭吉《ゆきち》さんのうち？　知らないけど…なに、有名な人？」

行き合ったおじいさんには、首をかしげられ。

「あーわたしたちも、このへん初めてなんですよー」

若いお姉さんたちには、困り顔で手をふられ。

「あの…」

「あーごめんなさい！」

買い物袋を手にしたおばさんには、話しかけようとした傍から、足早に逃げられる。

「……すみません……」

おばさんの背中を見送りながら、すずめはなぜか謝っていた。

どこまでも続く街と、入り組んだ道に、だんだん訳がわからなくなってくる。

「……地元だったら、誰かにきけばすぐにわかるのに」

しばらくがんばった後、すずめは公園のベンチに座って、ぐったりと空を振り仰《あお》いでいた。

暑い。太陽がまぶしい。お腹がすいた。

ふと思いつき、カバンからアルミホイルの包みを取り出す。

家を出る前に母が持たせてくれた、おにぎり。

アルミホイルをむいて、さっそく頬張《ほおば》りながら、見慣れない景色をぼんやりと眺めた。

(……ちゃんと着けるのかな……?)

知り合いのひとりもいない場所で、迷子。

その心細さに、すずめは思わずこぼした。

「帰りたい……」

1

「バングラデシュ⁉」

両親が突然言い出したのは、実家の庭で、バーベキューをしていたとき。言葉を失うすずめの前で、母の聡子《さとこ》は、網《あみ》の上の野菜をひっくり返しながらうなずいた。

「ジュートの生産工場の品質管理に行くんですって」

「工場長だよ、すごいだろう」

父の弘《ひろし》は乗り気のようだ。

すずめは困惑して二人を見つめる。

「お母さんまで？」

聡子は当然でしょ、と返してきた。

「一人で行って、パッと生活できるようなとこじゃないらしいの」

「で、なんでわたしは東京なの？」

「諭吉叔父《ゆきちおじ》さんが、すずめはぜひ東京においでって。いいじゃない、都会の女子高生。オシャレして、恋とかしちゃって」

「――――……」

意味がわからない。なぜ急に東京なのか。いや、急にバングラデシュも困るけれども。

割り箸《ばし》をにぎりしめたまま、ぼう然とするすずめの前で、弘がしみじみとつぶやく。

「恋……か……」

「なに?」

「いやいやいや」

すぃ、とさみしげに視線を逸《そ》らす弘の傍《かたわ》らで、聡子は焼けたばかりのソーセージを、すずめの紙皿に載せた。

「あ、東京っておいしいお魚も集まるんだって。すずめ魚好きでしょ?」

※

たしかに魚は大好物だ。だがしかし。

「勝手だよ……」

もぐもぐとおにぎりを食べながら、恨めしい気分で言う。
何気なく空を見上げていた目が、そのときふと、ある一点で止まった。
重なり合う梢《こずえ》の合間に、キラリと何かが光って見える。――何か、特別な光が。
「え……」
既視感《きしかん》のある光を、すずめは初め、ぽかんと眺めた。
それからもっとよく見ようと、あわててベンチの上に立つ。
これと同じものを昔、見たことがある。
(小学校のとき、熱出して、早退して、家に帰る途中……)
あの日、真昼の空に浮かぶ星を見つけた小学生のすずめは、通学路に立ちつくした。
ぼぉっとした頭で、食い入るように見上げていると、星はすうっと流れていった。
すずめは思わず、ランドセルをガタガタ鳴らし、走って追いかけた。
そして今、梢の隙間《すきま》に輝く光は、あの時と同じように、ちかちかとまたたいている。
「きれい……」
ベンチに立ったまま空を仰ぎ、ぼんやりとつぶやいた。
(あの星はいったいなんだったんだろう……)
思い返していた――そのとき。

ふいにすぅっと血が引いていく感覚とともに、頭がくらっとする。

立ちくらみ？

……と思ったときには、身体《からだ》は後ろへ倒れていた。

落ちる、ととっさに思い、そのまま地面に転がる衝撃を覚悟する。

が——その前に、誰かの腕に受け止められるのを感じた。

(誰……？)

頭のどこかでそんなことを考えながら、すずめの意識は闇に吸い込まれていった。


「あ」

パチッとまぶたを開けると、見知らぬ天井が目に入ってくる。

はて？　と首をかしげた、その矢先。

「あ、起きた」

「……っ……！」

知らない男の顔がいきなり現れ、すずめは息を呑《の》んだ。

古着系の服をまとう男は黒縁《くろぶち》メガネをかけ、この暑さの中、ぽんぽんつきのニット帽をかぶっている。

なんとも怪しい身なりで、にっこりと笑う男の後ろから、誰かが飛び出してきた。

「すずめぇぇぇ‼」

いきなりガバッと抱きつき、泣きそうな声で訴えてくる。

「ごめんなー！　心細かっただろ⁉」

「……誰？」

「え……」

「あ、叔父さん？」

少し傷ついた、情けない顔をよく見ると、それはすずめが訪ねてきた相手──叔父の諭吉だった。

東京でカフェを営《いとな》んでいる諭吉は、すずめの下宿先を探してくれた人。都会的でラフな恰好《かっこう》に、小洒落《こじゃれ》たひげのおじさんだ。

しかし今は子供のように頼りない顔で、すずめの様子をうかがっていた。

改めて周囲に目をやると、カフェの中のソファに寝かされていたようだ。モダンな店内は、ソファ席やテーブル席がいくつも配置され、外にはテラス席まである。

ここは……と思いつつ周りを見まわすと、案《あん》の定《じょう》、諭吉の後ろで男が言った。

「叔父さんの店だよ。大丈夫？」

いちおう気遣わしげなその声に、うなずこうとして。

さまよっていたすずめの目が、彼らの背後にあるものに釘づけになる。

え、もしかして？　と期待をこめて、よぉく見ると――

まちがいない。カウンターに置かれているのは、大きな寿司桶《すしおけ》である。

（お寿司だ!!）

魅惑的な光景に、今の今まで倒れていたことすら、頭の中から吹き飛んでしまう。

キラキラと目を輝かせ、すずめは食い入るように木製の桶を見つめた。


箸を進める勢いや、幸せ色に染まるほっぺたに、感動がにじみ出ていたのだろうか。

ひたすらお寿司をたいらげていくすずめを、ニット帽をかぶった男が、おもしろそうに眺めていた。

くっきり二重《ふたえ》の大きな目に、人なつこそうな目元。

気さくな雰囲気《ふんいき》は、男女を問わず人気がありそうだ。

「腹減って倒れたんだろ？」

男の言葉に、お茶を持ってきた諭吉がうなずく。

「よかったぁ、元気になって」

「東京のお寿司、おいしいです。コハダ最高です！」

笑顔で答えると、見知らぬ男はニコニコと笑って言った。

「コハダすか。通《つう》だねぇ」

「――……」

すずめは新しい一貫を頰ばりながら、警戒の目つきで相手を見つめる。

「あ」と諭吉が間に入った。

「彼は大学の後輩の獅子尾《ししお》くん。この店の常連」

叔父の紹介に、獅子尾は笑いながら「ども」と軽く頭を下げてくる。

すずめも口の中のお寿司をもぐもぐしつつ、ぺこりと頭を下げた。

なんでニット帽をかぶっているんだろう？　夏なのに。

そんな目に気づいたのか、獅子尾はぽんぽんをつまんで小首をかしげる。

「うん？　なんか変？」

「大丈夫だよ。こう見えてちゃんとしたやつだから。彼がすずめをここに連れてきてくれたんだよ」

諭吉が言うと、獅子尾はぽんぽんを放り出して笑う。

「やー行き倒れの女の子とか、どう助けりゃいいのって思ってたら。なんか地図に諭吉さんの名前があるからビックリして。で、とりあえず連絡して……」

「ほんと……ありがとうございま──」

お寿司を呑み込みながら言いかけたところで、獅子尾は身を乗り出してきた。

「ね、すずめって本名？」

急に近づいた顔から、少し離れて返す。

「……与謝野《よさの》、すずめです」

「へぇ。じゃ、ちゅんちゅんだなー」

「ちゅ……？」

なにそれ。

予想外の返しに、すずめは眉根《まゆね》を寄せる。

しかし相手は気づかないのか──あるいは気づいても気にしないのか、楽しげに笑った。

「よろしくねっ、ちゅんちゅん」

「──……」

（東京に来て最初にわかったこと：都会の男の人は……軽い）

警戒を解かないまま、心の中のメモに書きつける。

よろしくってなんだろう。

意識的に作った壁すら軽々と越えてくる。そんな相手を、すずめは胡乱《うろん》げな目つきで見やった。

2

九月になっても、うだるような東京の暑さは変わらない。

転校初日。まだ新しい制服を手に入れていないすずめは、前の学校の制服で登校しなければならなかった。

最寄《もよ》り駅から学校まで歩く間、周囲から浮いていることを、まざまざと感じさせられる。

それは単に制服がちがうというだけではない。

ずんどうを際立《きわだ》たせるセーラー服に、膝丈《ひざたけ》のスカート、斜めがけの白い布カバン。

田舎《いなか》にいたときはこれが普通だった。

しかしここでは――

ちらちらと横目で見るまでもなく、周囲の生徒達は都会的な制服を自由にアレンジして身につけ、楽しそうに笑っている。

制服がどうのというよりも、根本的な空気からしてどこかちがう。

平気。……たぶん、平気。

ひるみそうになる自分に、必死にそう言い聞かせた。

何でもない顔で歩きながら、すずめは緊張に汗ばむ手をぎゅっとにぎりしめる。

「おーい、ちゅんちゅん」

背中から、のんびりした声がかけられたのは、校舎に入って廊下《ろうか》を歩いているときだった。

「転校生は先に職員室に行かなきゃダメだぞ」

「え……」

ふり返ると、そこにいたのは――

「どうも。担任の獅子尾《ししお》です」

「…………」

硬直するすずめをおもしろそうに見下ろして、ニッと笑う。

その相手は、確かに獅子尾だった。

ただし、諭吉《ゆきち》の店にいたときの、ヒッピーみたいだった風体《ふうてい》とは打って変わって、すっきりとした教師の格好をしている。

「なんでここに!?」

目を白黒させてつぶやきながら、たった今耳にした言葉を思い出す。

『担任の獅子尾です』

担任？　この人が？　新しい学校の？

すました顔でほほ笑む相手を、あっけにとられて見上げつつ、すずめは心の中のメモを更新した。

(東京は、思ったより、せまい)


「今日からクラスメイトになる与謝野《よさの》すずめさんです」

「よろしくお願いします……」

教壇《きょうだん》に立つ獅子尾の説明に合わせ、すずめが頭を下げると、生徒達からパチパチと拍手が起きる。

「じゃあ与謝野。席は馬村《まむら》の隣ね。あそこ」

彼はすずめに向けて、空いている席を指さした。

隣には、ヘッドホンをしたまま窓の外を眺める男子が座っている。

転校生には何の興味もないようだ。

けだるげに頬杖《ほおづえ》をついた横顔は、光の陰影のせいか、とてもきれいに見えた。

「馬村、聞こえてるか？　それ外せ。もう授業だぞ」

ため息交じりの獅子尾の声に、彼は——馬村はだまってヘッドホンを外す。

しかし近づいていったすずめの方を見ようとはしなかった。

「……与謝野です」

ガタン、と椅子《いす》を引いて席に着きながら、すずめは小さな声で挨拶《あいさつ》をする。

しかしそれにもノーリアクション。

これは……コミュニケーションが取りにくい。

困っていると、ふと視線を感じた。

見れば、ひとりの女の子がこちらを気にするように、ちらちらと視線を向けてくる。

相手を見て、すずめはぽかんとしてしまった。

(わ、可愛《かわい》い子……！)

ふんわりとしたボブの、優しそうな子である。

しかし——反射的にアイコンタクトで応えようとしたところ、すっと目を逸《そ》らされてしまった。

あれ？　転校生を気にかけてくれたんじゃないの？

首をひねっているうちに、授業が始まってしまう。

一限目は獅子尾が担当する世界史だった。

「今日は第五章から。イスラーム世界の形成と拡大について学んでいきたいと思います。じゃあ教科書の一〇六ページ開いて」

獅子尾の声に、ぱらぱらとページを開く音が重なる。

すずめは、相変わらずこっちを見ようとしない隣の男子――馬村と呼ばれていた相手に、思いきって声をかけてみた。

「あの……すいません。まだ教科書、そろってなくて……」

と。言い終わる前に、ずいっと教科書がこちらに押し出されてくる。

「あ、ありがとう」

机と椅子を寄せ、見せてもらおうとしたところ、馬村は逆にこちらから距離を取るように身を離した。

「…………」

人見知りなのかな？

ちらりと考えつつ、教科書に目を落とす。

そのとき、閉じかかったページをあわてて押さえようとした手が、馬村の手にふれてしまった。

ちょっとだけ。ほんの少しだ。……それなのに。

「………‼」

馬村は、ものすごい勢いで手を引っ込める。

「え」

きょとんとするすずめに、彼は乱暴に教科書を押しつけてきた。

「いらね。一人で使えば」

「…………」

前を向いたまま、不機嫌そうな声で言われ、目をしばたたかせる。

わたしはバイキンか、このやろう。

ムッとしたのと同じくらい、ちょっとショックだったり……した。


転校初日の昼休み。

チャイムと共に、教室が急にさわがしくなった。

クラスメイト達は購買へ飛び出して行くなり、友達同士でしゃべるなりしながら、それぞれ教室を出て行ってしまう。

その光景は前の学校とさほど変わらなかった。

ちがうのは、すずめがその中に入っていないこと。

(完全に出遅れた……)

お弁当を片手に、ぽつんと教室に取り残されたすずめは、とりあえず廊下に出てみる。

(あ……)

ちょうどそこに獅子尾の姿を見つけ、なんとなくそちらに向かうも、彼は男子生徒たちに囲まれて質問に答えている最中だった。

「あのさ。最低限、地理の知識もないと、世界史だって理解できないわけよ」

「えーじゃあ全部勉強しろってことすか?」

「てか俺、この問題の日本語わかんねぇし!」

「じゃ、おまえは国語からだなー」

ちゃんと教師の顔をして、生徒たちと向かい合う獅子尾を横目に見ながら、その前を通りすぎる。

(どこ行こう……)

にぎやかな校内をしばらくさまよった末、すずめは屋上に出た。

うまいぐあいに、そこには誰もいなかったのだ。

一人でお弁当を広げ、はぁぁぁ、と大きくため息をつく。

どうやら思ってた以上に緊張していたようだ。

(友だちって……どうやって作るんだろ……)

悶々《もんもん》と悩みながらのお弁当は味気ない。

箸《はし》の先をくわえて、またしてもため息をついた、そのとき。

「おい、ちゅんちゅん」

聞き覚えのある声に、どきりとした。

ふり向くと、獅子尾がのんびりと近づいてくる。

「何してんだ？　こんなところで」

すずめは、なんとはなしホッとしながら返した。

「あ……いえ……見晴らしいいなって。……先生は？」

「んー？　たまーに来るんだよね。でもここ、ほんとは出入り禁止なんだけど」

「えっ、そうなんですか？」

慌ててお弁当を片づけ始める。

と、獅子尾は笑って首を横にふった。

「うっそー。冗談だよ。んなわけないじゃん」

「え？」

「でも内緒ね」

「え、どっち？」

まごついて振り仰《あお》いだすずめに、彼は背をかがめ、グッと顔を近づけてくる。

「どう、友だちできそう？」

「…………」

これも都会流なのだろうか。

妙に人なつこいというか、距離の近い相手から、すずめは内心の動揺《どうよう》を抑えながら距離を取った。

「どうですかね……。地元では、みんな生まれたときから友だちなんですよね……」

「うん」

「でもこっちは、自分から声かけなきゃいけないし。ちょっと怖いな、とか……」

「そっか。でもそう難しく考えることないいんじゃないの？」

さぁっと通り抜けた風に前髪を揺らしながら、彼は目元をなごませる。

「サラッと言ってみれば？　友だちになろうって。もし俺が生徒で、ちゅんちゅんにそう言われたら普通にうれしいと思うし」

「………」

「まぁ、それでダメだったら、弁当ぐらい俺が一緒に食ってやるよ」

そう言いながら、彼は手をのばしてすずめの頭に、ぽん、と置いた。

「な？」

「………」

やわらかく置かれた手の、思いがけず優しい感触に——びっくりして硬直してしまう。

男の人から、そんなふうにふれられるのは初めてで。

照れくさい気持ちを悟られまいと、すずめはスッと手の下から頭を外す。

——と。

「あ、よけた」

獅子尾は顔をくしゃりとさせて笑った。


その日の下校時。

生徒が押し寄せる昇降口で、すずめも自分の靴《くつ》を取ろうと、靴箱を開けた。

と、隣にふと人が立つ。ちらりと見上げ、すずめは目を見開いた。

（……あ）

馬村である。

彼は教室にいるときと同じように、すずめの方を見ることなく、さっさと靴をはき替えている。

「…………」

同じく靴をはき替えながら、すずめは横目で様子をうかがった。

どうしよう。話しかけようか、やめておこうか。

馬村の態度にはとりつく島がない。けど獅子尾は、気負わずに声をかけてみろと言っていた。

（どうする？）

迷っている間に、馬村はつま先をトントンしながら離れて行こうとする。

（……あ、……）

「まっ、馬村くん‼」

勢いあまっての大声に、馬村はビクッと肩を揺らした。

肩越しにふり返り、「は？」って顔をする。

すずめは勇気を出して、はっきりと言った。

「あの……、教科書、貸してくれてありがとう」

「……あぁ」

めんどくさそうにうなずく態度に、気後れしそうになりながらも、ふたたび口を開く。

「あと、あのね……」

しかし――

馬村は最後まで聞くことなく歩き出した。

すずめはとっさに彼の手首をつかむ。

「ちょ、まだ話が……っ」

「………‼」

その瞬間。

馬村は固まり――火がついたように顔を真っ赤に染めた。

「なにすんだよ！」

大声で言い、すずめの手を振り払う。その顔は、ゆでたタコのように、耳まで赤い。

（……え……）

ぼう然と見つめるすずめから隠そうとしてか、彼は顔の前に腕をかざした。

どういうこと？

何が起きているのか検証しようと、すずめは真顔で相手をつついてみる。

「わ」

肩をつつく。

「おい」

脇腹をつつく。

「マジで」

腕をつつく。

逃げまわる馬村の顔は、つつかれるごとに、どんどん赤くなっていく。

「やめろ、マジで‼」

ついにぶちキレた彼を、すずめはじぃっと見上げた。

（……もしかしてこの人、女子に免疫《めんえき》ない？）

態度がそっけなかったり、乱暴だったりするのは、それを隠したいからなのか。

ようやく謎が解けた。

（きらわれてたわけじゃなかったんだ……）

ホッとしていると、赤面した馬村が、かざした腕の向こうからにらみつけてくる。

「……誰かに言ったら、ぶっ殺す」

「え……うん。わかった。……でもその代わり――」

すずめは、自分をはげますように、グッとこぶしをにぎりしめた。

「友だちになって！」

「…………」

意表をつかれたような沈黙の後、我に返ったのか、馬村は顔をしかめる。

「は？　なんで俺が。他あたれよ」

「だって席、隣だから……」

「……え？」

「わたし、隣の人とは朝、おはようとか、お弁当のときちょっと喋《しゃべ》ったりとか、したい。それだけ。だから……」

すずめはひざに両手をついて、深く頭を下げた。

「友だちになってください！」

「…………」

またしても、しばらくの沈黙があった。

しかし。

「……馬村でいい」

やがて、頭上からぼそりと声が降ってくる。

すずめは「え？」と頭を上げた。

期待を込めて見上げると、彼はちょっとだけにらみつけてくる。

「誰かに言ったらマジで殺すかんな」

「…………」

去っていく背中を見送りながら、すずめは、じわじわと心の中から湧き上がるうれしさを嚙《か》みしめた。

（できた。……友だち……）

感動のあまり、自然に顔がほころんでしまう。

（先生の言う通りだった……っ）

東京でも、意外になんとかやれるかも。

初めてそんな気分になり、今日一日抱えていた不安が、少しずつ解けていくのを感じた。


翌朝。

登校中に馬村を見つけたすずめは、駆け足で近づいていき、声をかけた。

「おはよう」

「…………」

だがしかし。

馬村はこっちをチラ見しただけで、無視して行ってしまう。

ムッとしたすずめは、ふたたび追いかけ、バッグで馬村の背中を、ばこん！　とたたいた。

「……ってぇ！　何すんだよ！」

「だって触っちゃダメなんでしょ」

目を剝《む》いてどなる馬村に向け、ひるむことなく返す。

「こういうとき、肩バシーンとかできないの、さびしいよ。それに挨拶《あいさつ》したのに無視とか、普通に傷つく」

「…………」

耳にしたことが意外だったのか、馬村はだまりこんだ。

どうやら悪気はなかったようだ。

すずめはバッグの持ち手をにぎりしめつつ、つけ足す。

「……でも今のはちょっと、やりすぎた。ごめん」

「……悪かったよ」

「え」

「悪かった。次からは無視とかしねーから」

「あ、……うん」

(……あやまった)

仏頂面《ぶっちょうづら》だから、わかりにくいけれども。

馬村はちゃんと話を聞いてくれる、いいやつのようだ。

いつも不機嫌そうな人、という認識を改めるすずめに向け、彼はおもしろくなさそうに言う。

「てかなんで俺があやまんの？　……殴《なぐ》られてんのに」

「ごめん。つい地元の感じに……」

「おまえ、どんな付き合いしてきたんだよ」

言い合いながら、気がつけば並んで歩いていた。

(おぉ、まるで友だちみたいだ……)

心の中で、そんなことを考えていたのは。

じつは、すずめだけではなかった。

馬村の友だちである猿丸《さるまる》は、転校生と一緒に教室に入ってきた馬村に気づき、思わず二度見する。

転校生はごくふつうに馬村に話しかけ、めんどくさそうではあるものの、馬村もちゃんと答えている。

猿丸は横にいた友だちの袖《そで》を引っ張った。

「犬飼《いぬかい》、見て。……馬村が……、馬村が女子と喋ってるよ……！」

犬飼もまた目を丸くする。

「世界が終わるんじゃね？」

うなずき合ったふたりは、それまで見ていた冊子《さっし》を手に、馬村のところに向かった。

「なぁ。移動教室のグループ分け、今日までだって」

「どうする？」

その声に、すずめはハッとした。

やってきた男子ふたりは、すずめをちらちらと見てくるが、それどころじゃない。

この学校には、山間《やまあい》の施設にみんなで宿泊する『移動教室』なるイベントがあるらしい。

すずめも昨日、案内の冊子をもらったが、そこにはメンバーの名前を書く欄《らん》があった。

どうやら前もってグループを作っておくようだ。

「あの、馬村――」

言いかけた、そのとき。

「おはよう、与謝野さん」

すぐ横で、涼やかな女子の声が響いた。

「え、あ、はい」

ふり向くと、そこには転校初日に目が合った――ような気がした美少女が、はにかんだ笑顔で立っている。

「もしよかったらだけど、一緒にグループにならない？　移動教室」

「……え……」

「あ、わたし、猫田《ねこた》ゆゆか。与謝野さんと友だちになりたいなぁって。……ダメ？」

さらりと言われたことが信じられず、すずめは「え……」と絶句してしまう。

ダメなわけがない。

（いやむしろ喜んで！）

「よ、よろしくお願いします！」

勢いよく応じると、ゆゆかは「よかった！」と答え、後ろにいた友だちに言う。

「ねぇ、与謝野さん、いいって！」

その声に、近くにいた女の子がふたり立ち上がり、近づいてきた。

「ほんとに？」

「よろしくねっ」

と、今度は男子二人が、馬村の肩を揺さぶる。

「おい！　なぁ。これ、ゆゆかちゃんと繋《つな》がれるチャンスじゃね？」

「ねー、これで良くない？　ここ、ここ一緒でいいっしょ！」

馬村の友だちは満面の笑みで、ゆゆかたちと自分たちとを交互に指さした。

ゆゆかの友だちも、「あ、そーだね」「これでいいね」とクールに応じる。

「じゃ、七人ってことで！」

早速メンバー表に書き込む男子を横目に、ゆゆかが馬村に笑いかけた。

小首をかしげて、それはそれは可愛《かわい》らしく。

「よろしくね」

しかし馬村は、だまって前を向いたまま。

「…………」

気まずい沈黙を気にしつつ、すずめも小さな声で言う。

「……よろしく」

と、馬村はそっぽを向きつつも、いちおう返してきた。

「あんまからんでくんなよ」

そんな馬村とすずめを、ゆゆかがほほ笑んで見ている。

でもなぜだろう。

とても可愛い笑顔なのに、すずめはなんだか、少しだけ背筋が寒くなった。

3

東京からバスで二、三時間も離れると、意外にも本格的な山の中にたどり着く。うっそうとした森に、岩場を流れる川、たえまなく響く鳥の声……。

移動教室は、言ってしまえば自然とふれあうことを目的とした授業のようだ。

もともと自然の中で育ったすずめにとっては、どうということのない内容だった。

河原で渓流《けいりゆう》釣りを始めた後、ほどなく大型のニジマスを釣り上げると、同じグループのメンバーから賞賛の声があがる。

「おおおおおおお！」

「すごーい！　何匹目？」

「なんかフツーに、やってた感あるね」

女子二人が、手をたたきながら褒《ほ》めてくれた。

「地元でやってたからね」

「へぇぇ」

鶴谷(つるたに)モニカと亀吉(かめよし)ななは、ゆゆかの友だちで、今回グループを作るにあたってすずめとも仲良くなった。

新しい友だちからの拍手に、すずめはうれしさを噛《か》みしめる。

ようやく居場所を見つけた感覚は、とても心強かった。


盛り上がるグループの輪から離れ、ゆゆかは馬村《まむら》の方へ足を向けた。

彼は釣り竿《ざお》を手に、少し離れた河原に腰を下ろしている。

手ぐしで髪を直し、ゆゆかは近づいていった。

「釣れた？　わたしぜんぜんダメ」

話しかけながら、さりげなく隣に座る。

しかし案《あん》の定《じょう》、馬村からの返事はなかった。彼は、女子とはほとんど喋《しゃべ》らないのだ。

ゆゆかは気にせず、明るく続ける。

「でも友だちとこういうとこ来るっていいねー。……あ」

馬村が釣り竿を持ち上げると、針だけになった釣り糸が、川面《かわも》から飛び出してきた。

「あー、エサ食べられちゃってるよ！」

指を指して言い、あえて楽しそうに笑う。

と、馬村は釣り糸の先を見たまま、ぼそりと言った。

「俺、別にあんたと友だちじゃないよね」

寄ってくるなと言わんばかりの拒絶に、ゆゆかは言葉を失う。

その間に彼は立ち上がり、釣り竿とエサを持って、グループの方へ戻って行ってしまった。

おまけに――

「やる」

ゆゆかの視線の先で、馬村はすずめにエサを渡す。

「俺、センスないわ」

すずめは、きょとんとしている。

「あ、エサ苦手？　つけてあげようか？」

「んなんじゃないって」

「もったいないよ。貸して」

「いいっつってんだろ」

馬村の釣り竿に手をのばすすずめから、彼はめんどくさそうに逃げた。

そんな二人を見ていて、ゆゆかはムカムカと腹が立ってくる。

なんで？　女の子と話すの、きらいなくせに。なんであの子は特別なの？

あんな子――ちょっと前に来たばっかりのくせに！

すずめをにらみつけながら、ゆゆかもゆっくりとグループの方へ向かっていく。

「与謝野《よさの》さん」

本心を押し殺し、笑顔で声をかけると、すずめは「うん？」とふり向いた。

「あれ聞いてない？　キャンプファイヤー係の人は、薪《まき》を運ぶから薪小屋に集合って、さっき獅子尾《ししお》先生が」

「え、ほんと？　ごめん、薪小屋ってどこだっけ？」

無邪気に訊き返してくる相手に、適当な方向を指さす。

「この道……少し登ったとこだったと思う」

「ありがと。行ってくるね！」

「いってらっしゃい」

釣り竿を置いて、元気よく山の中へ走って行くすずめを、ゆゆかは冷たい目で見送った。

そこへ、他のグループと一緒に行動していたはずの獅子尾がやってくる。

彼はみんなに聞こえるように声を張り上げた。

「釣りチーム、時間早いけどそのへんで終わりにして」

「えー？　なんでですかぁ？」

「雨降りそうなんだよ。川、増水すると危ないから」


「……また迷った……」

うす暗い山道の中で、すずめは直面した事実に立ちつくした。

前後左右、どこを見ても生い茂る木々と下生え、そして足元の悪い地面のみである。

道がわからない。というか、そもそも道がない。

スマホを出してみるも——

「……圏外……」

背の高い木々が、にわかに強くなってきた風に揺れる。

ざわざわという梢《こずえ》の音は、すずめの不安をかきたてた。

「……どうしよ……」

視界いっぱいに続く森の中、うろうろと同じ場所をさまよっていると、「おい」と背後から、ぶっきらぼうな声が聞こえてくる。

「山育ちのくせに、山で迷子ってどうよ」

「馬村……っ」

危機的状況の中での、思いがけない助けに感動し――ながらも、山育ちのプライドが、素直にお礼を言うことを許さない。

「え、迷ってないよ。今帰ろうとしてたと――」

素知らぬ顔で歩き出そうとした、そのとき。

ズルッと足元がくずれた。

「あ……!!」

「……おい!!」

後ろに倒れそうになったすずめの手を、馬村がとっさにつかんでくる。

しかしそのかいなく、すずめの身体《からだ》は宙に浮く。

そのまま二人は音を立てて、急な斜面をすべり落ちていった。


「与謝野と馬村がいない？」

「川では一緒だったんですけど……」

馬村と同じグループの猿丸《さるまる》からの報告に、獅子尾は眉根《まゆね》を寄せた。

「こっち戻るときは？　――誰か二人のこと見てない？」

周りの生徒達に向けて訊ねるも、「見た？」「いや見てない」と互いに首をふり合っている。

じわりとにじみ出すいやな予感に、獅子尾は息をついた。

「他の班にも訊いてみる。おまえらもう部屋戻れ。あとはこっちで探すから」

足を踏み出した獅子尾の視界に、青ざめた面持《おもも》ちでこちらを見る猫田ゆゆかの姿が映る。

しかし目が合うと、彼女はぱっと背を向け、どこかへ行ってしまった。


「ほんとおまえ、落ちるとかマジありえねーかんな」

「ごめん」

「……ったく……」

すずめと馬村は、全身泥だらけになった状態で、目につく道を歩いていた。

幸いなことに怪我《けが》はなくてすんだものの、見通しは明るくない。

「これ、道あってんのかな?」

あたりを見まわしながら、心配そうに言う馬村に、すずめは悄然《しょうぜん》と訊ねた。

「馬村さ……なんで手、つかんでくれたの？　女子苦手なのに」

「人が落ちそうになってんのに、んなこと言ってられっかよ」

「まぁ、そっか。……でもさ、どうしてそんなに女の人が苦手なの?」

とたん、ギロリとこわい目線を向けられ、すくみ上がってしまう。

「あ、いいです、いいです！　すみません、変なこと訊いて」

胸の前で両手を振りながら返すと、彼はこわい顔のまま、ボソリと言った。

「九割がたうざい」

「え?」

「あと一割は慣れてねぇから。どう接していいかわかんねぇ。ウチ、俺がガキんとき母親が家出て。オヤジと弟しかいねぇから……」

「………」

まさか。

馬村が、そんなプライベートなことを打ち明けてくれるとは、思わなかった。

しかも……ほんとなら言いにくいようなことまで。

びっくりして見上げていると、馬村はうっとうしそうに応じる。

「……んだよ」

「なんだろ。なんか、話してくれたの、すごくうれしいよ」

まっすぐに言うすずめの前で、彼は急に声を上ずらせた。

「おっ、おまえ、さ……このヤバイ状況わかってんの？」

「あ、はい。すみません。——あ……」

ぽつり、と何かが頰《ほお》に当たる気配に、空をふり仰《あお》ぐ。

雨が降り出すのに、そう時間はかからなかった。

運良く、歩きまわっているうちに屋根のあるベンチを見つけたので、そこで雨宿りをする。

しばらく様子を見るも、雨はひどくなる一方だった。

半袖《はんそで》のすずめは、ここに来るまでにぬれた身体をふるわせて、くしゃみをする。

（寒い……っ）

両手で腕をさすっていると、バフッと馬村のジャージが飛んできた。

「着とけば」

「…………」

なんと。馬村が——あの馬村が、すずめを気づかってくれている。

新鮮な驚きにぽかんと見つめていると、彼はキレて返してきた。

「だからいちいち人の顔をジトッと見んな！」

「優しい馬村ってブキミだね」

「返せ」

即座にジャージを取り上げようとしてくる手に、焦ってしがみつく。

「ウソウソ、ごめん！　思ったことがつい……」

「おまえいつも、ごちゃごちゃうるせぇんだよ」

それもそうだ。

「ありがと」

今度は素直に言うと、馬村は仏頂面《ぶっちょうづら》でだまりこむ。

「ふぅ……」

ジャージを肩にかけ、すずめは抱えたひざにおでこを載せた。

「なんかお腹すいちゃった……」

それに……なんだろう。なんか妙に頭が重たい。

「おい。おまえ……」

すぐ隣まで近づいてきた馬村に、気がつけば寄りかかっていた。

「……ちょ……っ」

馬村が動揺《どうよう》した声を出す。あたりまえだ。

さわっただけで赤くなる馬村に、こんなふうにくっついちゃいけない。

そう思うのに——どうしたんだろう。

「……ごめん。なんか、だるい……」

身体に力が入らない。


一緒にいる人間の具合が悪くなるとか、それだけでちょっと不安になったりする。

山奥で、薬を飲ませたりできない状況ってなると、なおさらだ。おまけに——

おまけに相手は女だったりする。少し……いや、かなり変な女だけど。

でも。

小降りになってきた暗い空を見上げ、馬村は隣に声をかけた。

「雨、止んできた。歩ける？」

すずめは、いつもの元気さがウソのように、力なく答える。

「……うん」

「行こう。ここで夜になったらヤバいから。……立てるか？」

すずめの腕を自分の肩にまわし、馬村は二人分の体重を持ち上げるようにして立ち上がった。

これが、本当なら女にさわることのできない自分にできる、精一杯。

朦朧《もうろう》とした様子のすずめは、やはりほとんど歩くことができないようだ。

足元が頼りなく、進むのに時間がかかる。

そんな彼女を支えて、すっかり暗くなってしまった山道を歩き出した――そのとき。

前方で、懐中電灯のライトが光る。

相手はこちらに気づくなり、大声で訊ねてきた。

「馬村か⁉」

「あ……」

自身もびしょぬれになりながら、現れたのは獅子尾だった。

長いこと探しまわったのだろう。切迫した表情で、大きく息を乱している。

「与謝野は一緒か⁉」

訊きながらさまよった目が、ぐったりとしたすずめに留まる。

と、彼はあわてて駆け寄ってきた。

「おい、しっかりしろ。ちゅんちゅん！」

「……ちゅんちゅん？」

不思議な呼びかけに首をかしげつつ、獅子尾の剣幕に驚いてしまう。そして見ていると、獅子尾は馬村から奪い取るようにして、すずめを背負った。

あっというまのできごとに、細い身体を支えていた馬村の手が、やり場を失って宙をかく。

当のすずめは、熱に侵されてフニャフニャになりながら、ほんわりと笑った。

「……先生、なんでいつも来てくれるの？」

「え？」

「……わたし、GPSでもついてるんですか？」

のんきな問いに、獅子尾が肩越しに笑みを浮かべる。

「実はいっこ、つけといた」

すずめは、フ……と安心したようにほほ笑んだ。そんなふたりの間に——どこか、馬村には入っていけない空気が流れる。

それきりすずめは寝入ってしまい、獅子尾は「帰るぞ」と馬村に声をかけて山道を下り始めた。

すずめを背負って歩く獅子尾と、その背中に身体を預けて眠るすずめ。

自分は、そんな二人を追いかけるだけ。

にらむように前を見据えながら、馬村は我知らず手のひらを握りしめた。


目を覚ますと、すずめは移動教室に使われている施設の一室に寝かされていた。

部屋の電気がついていて、外からは大勢の騒ぐ声が聞こえてくる。

たぶん夜になり、みんなはキャンプファイヤーをしているのだろう。

予定表を思い返しながら目を動かすと、ベッドから少し離れたところで、獅子尾が椅子《いす》に腰を下ろしているのが見えた。

窓の外を見ているようだ。

なぜともなく、その横顔をずっと見ていたい気分になり、すずめはぼんやりと獅子尾を見つめる。

と、視線に気づいた彼がこちらを向いた。

「起きた？」

「え。あ、はい」

「大丈夫？」

いつになく厳しい面持ちで問われ、居住まいを正す。

「……はい」

「ほんと、参ったよ」

「……すみませんでした。迷惑かけて……」

「無事だったからよかったけど、軽率《けいそつ》だよね。なんで山道に入ったりしたの？」

「薪小屋に行こうとして、迷っちゃって……」

「薪小屋？」

「え……」

まるで心当たりのなさそうな獅子尾の様子に、すずめはなんとなく、自分の身に起きたことを察した。

「あ……いや、ちがうんです」

「ダメだよ。君は少し危なっかしいから。気をつけなさい」

キツめのお説教に、しゅんと肩を落とす。

それを見届けて、獅子尾は「よし」と立ち上がり、いきなり部屋の電気を消した。

「えっ……？」

突然の暗闇に、目をぱちぱちさせる。

いったいなに？

きょろきょろ首をめぐらせていると、獅子尾が何かの箱を開けた。

——と。

ふいにポツポツと、そこからわずかな光が浮き上がり、点滅を始める。

ほんのりと明るく、黄色い光——蛍《ほたる》だ。

「わぁ……！」

闇に包まれた部屋の中を、何匹もの蛍が飛びまわる様は、ひどく幻想的だった。

「きれい。星空みたい！」

すずめは感激し、小さな光に向けて手をのばす。

獅子尾は、喜ぶすずめを静かに見守っていた。しかしやがて、すずめの額に手を当ててくる。

ふい打ちに、鼓動が大きく跳ねた。

「よかった。熱、下がったね」

「…………」

「蛍、満足したら窓開けて逃がしてやって」

ほうけているうちに獅子尾はドアを開け、そのまま部屋を出て行ってしまう。

「………」

取り残されたすずめは、放心状態でドアを見つめた。

それから残された感触にふれるかのように、おでこに手を当てる。

どうしてだろう。

獅子尾の手がふれた場所には、いつも不思議な余韻《よいん》が残る。

それはとてもあたたかくて、なぜか心を落ち着かなくさせる。

たくさんの蛍の光が明滅する暗闇の中、すずめはおでこを押さえたまま、気がつけば長いことその余韻にひたっていた。

4

数日後。すずめは体育館で、ゆゆかと対峙《たいじ》していた。

わざわざ呼びだしたのは、もちろん訊きたいことがあるからだ。

それを察しているのだろう。ゆゆかも硬い顔をしている。

「ずっとモヤモヤしてて……違ってたらごめん……」

すずめは、ぽつりぽつりと言葉をつないだ。

「移動教室のとき……薪小屋に集合って、あれ……ウソだったり……した?」

気まずい気分でいるすずめとは裏腹に、彼女は髪をいじりながら軽く返してくる。

「なんだつまんない」

「え?」

「もっとバカかと思ったのに。ざーんねん」

けろっとそんなことを言うゆゆかの顔は、ふんわりと優しいいつもの彼女と、まったくちがっていた。

すずめは自分の目が信じられず、硬直する。

ゆゆかはバカにするように眺めてきた。

「ま、いいや。わたしもいい加減あんたにはイライラしてたし。わたし、あんたの友だちになったつもりもないから」

「……え……」

「なにその顔。え、本気で友だちとか思ってた？　ヤダうけんだけど。あんたのド田舎《いなか》の友だちと一緒にしないでくれる？　てかさ、あんたはずーっと地元のだっさい連中とつるんでたほうがいーんじゃない？」

バチン！

その場に、平手打ちの音が高く響いた。

ぼう然とゆゆかの言葉を聞いていたすずめが、最後のところで手を出したのだ。

「それ以上、地元の悪口言うと殴《なぐ》るから」

「な……」

驚いていたゆゆかも、次の瞬間、ギッとにらみつけてくる。

「殴ってから言ってんじゃないわよっ！」

そしてすごい形相《ぎょうそう》で手を出してきた。

そのまま、絵に描いたようなつかみ合いに突入する。

「親にも殴られたことないのに、何すんのよこのブス！」

「先に言葉の暴力ふるったのそっちでしょ！」

「うまいこと言ってんじゃないわよブスのくせに！」

「ブスブス言うな、そっちこそ内面ブスじゃん！」

ひっかき、ひっぱたき、つかんで引っ張る。

体力ではすずめの方が勝るようだが、ゆゆかも気の強さで負けていない。

お互い、髪も制服もあっという間にボロボロになった。

「いたたたた！」

悲鳴を上げつつ、ゆゆかは声を張り上げる。

「こっちは努力してんの！　毎日めちゃくちゃがんばってんの！　なのになんで‼」

言葉と共に、彼女は力いっぱいすずめを突き飛ばしてきた。

「なんであんたみたいなのが馬村《まむら》くんと仲良くなれんのよ‼」

「……え……？」

吹っ飛んだすずめは、板張りの床に尻もちをついたまま、どなるゆゆかを見上げる。

ちょっと待って。それって……？

ようやく彼女から向けられる敵意の正体に気がついた。

そんなすずめの前で、ゆゆかはくやしそうに顔を背ける。しかし——

「————‼」

顔を背けた彼女が、ハッとしたように目を見開いた。

その視線を追って、すずめもぎょっとする。

なんと男子が三人、バスケットボールを抱えて体育館に入ってくる。

そのうちのひとりは馬村だった。横を歩く犬飼《いぬかい》がこちらに気がつく。

「あれ、何やってんの？」

「……え、あ……えっと」

今までの勢いがウソのように、ゆゆかは口ごもった。

その目はまっすぐ馬村に向いている。ひどく不安そうに。今にも泣き出しそうだ。

空気を読まない猿丸《さるまる》が、あっけらかんと言った。

「え、もしかしてケンカ？」

その言葉が終わらぬうちに、すずめはズザザ！　とゆゆかに飛びつき、首に腕をまわして締め上げる。

「ちょっ、ちょっとレスリングの練習を……」

ヘッドロックをきめながら、ボロボロの顔を犬飼と猿丸に向けた。

「わたし地元でアマチュアレスリングやってて。猫田《ねこた》さんに練習つきあってもらってたの。あ、ちょうどよかった。みんなもタックル受けてくれない？」

さもついでというように男子たちに誘いかけると、彼らは「え」と青ざめる。

「いやいやいやいや、遠慮《えんりょ》しとくわ」

「がっ、がんばって……」

手を横にふりながら、犬飼と猿丸はそそくさと離れていった。

馬村も、こちらを一瞥《いちべつ》しつつ彼らについていく。

ゆゆかとすずめはヘッドロックの体勢をたもったまま、引きつった笑顔を浮かべてそれを見送った。

――――が。

「痛いんだけど」

馬村の姿が見えなくなったとたん、ゆゆかは低い声でつぶやいた。

「え？　あ、ごめん」

すずめがあわてて離れると、彼女は髪の毛を手ぐしで整えながら、つっけんどんに言う。

「……言えばよかったじゃん、みんなに。わたしは超ヤなやつだって」

「うーん……」

自分の制服をぱたぱたとはたきながら、すずめは少し考える。

「よくわかんないけど……初めて猫田さんに話しかけられたとき、わたし、けっこう嬉しかったし……」

「………」

「猫田さん、ヤなやつかもしれないけど、キライなやつではない」

自分の考えに、うんうんとうなずいていると、ゆゆかはフンと鼻で笑った。

「は、バカバカしい」

そしてきれいなボブの髪をかき上げる。

「ま、よく考えたら？　あんたが近くにいれば馬村くんにも近づけるし？　友だちってことにしといてもいいけどね」

「……え？」

渋々という感じで言いながら、ゆゆかの顔はまんざらでもなさそうだ。

ぽかんとしているすずめに、彼女はビシッと人差し指を突きつけてきた。

「でもまずその見た目なんとかして。あんたみたいなのが隣にいたら、わたしまでダサいと思われんじゃん」

つまり、これからも友だちでいられるということらしい。

（え、ほんと……⁉）

ぱぁっと顔を輝かせると、ゆゆかがあきれたように言う。

「笑うな。気持ち悪い」

そして、校舎に向けてきびすを返しながら、ついでのようにつけ足してきた。

「ごめんねっ」

つんとした言い方は、これまでの彼女とは少しちがうけど。

なぜだかこっちの方が、彼女に似合う気がした。

※

ようやく、新しい制服が来た！

その日、すずめはいつもの淡々とした顔ながら、心の中では意気揚々《ようよう》と学校に向けて出発した。

教室に近づいたところで、鶴谷《つるたに》（ツルちゃん）と亀吉《かめよし》（カメちゃん）が声をかけてくる。

「おはよー。制服来たんだ」

「なんか違和感あるね」

「え、どっか変?」

すずめが制服を見下ろすと、二人はまじまじと眺めてくる。

「いやどっか……なんだろう」

「なんだろうね」

はっきりしない反応に、すぱっと解答を突きつけてきたのは、ゆゆかだった。

「顔と合ってない」

「え?」

顔、ですか?

ほっぺたに手を当てていると、ゆゆかは並んで歩きながら、ずけずけと言う。

「ったく、どーいう美的感覚してんの?　制服に合わせてちょっとは可愛《かわい》くしようとか、普通あるでしょ?」

「…………」

制服に合わせて可愛く?

首をかしげるすずめに向け、彼女は「ないんかい」とツッコんでくる。

「あんたさ、好きな人に可愛く見られたいとか、そういう願望もないわけ？」

「う――ん。……好きとかそういうの、考えてもイマイチわかんないよ」

のんびりと返すと、ゆゆかはますます呆《あき》れたようだった。

「あんたバカ？　考えてわかるわけないじゃん。数学じゃないんだから、好きに答えも理由もいらないの！　それが恋ってもんでしょ」

「……恋……？」

恋愛というものが、この世に存在することは知っている。

けれどすずめにとって、自分がその当事者になることは、不思議なほど想像がつかなかった。

「恋はね、理屈じゃないの」

その日の放課後。ゆゆかは早速《さっそく》すずめの意識改革に乗り出してきた。

まずは形からと、多目的室の広いテーブルに道具を広げ、メイクをほどこしてくる。

「その人が隣にいるだけで、気づくもんなんだから」

「……隣に、いるだけで……？」

他人事《ひとごと》のように鸚鵡《おうむ》返しにすると、彼女はフッと笑った。

「ま、あんたみたいな鈍いイモ女にはわかんない世界かもね。わ、ヤッバ！　わたしメイク天才。ね、写真撮ってビフォーアフターやろうよ！」

仕上がりに満足したのか、メイク道具を置いたゆゆかが、楽しそうに提案してくる。

すずめはポケットをたたいて気づいた。

「あ。ケータイ、教室だ。ごめん」

「ちょっと…鏡見てから行きなさいよ！」

ぶつぶつ言うゆゆかを多目的室に残して、走って教室に向かう。

自分のバッグの中にあったスマホを取り出したところで、廊下《ろうか》から人の声が聞こえてきた。

「あれ、獅子尾《ししお》先生。どうしたんですか？」

「教室に出席簿を置いてきちゃったみたいでさ」

（先生……!?）

耳に飛び込んできた名前に、すずめの肩がびくりと跳ねる。

息をひそめて様子をうかがっていると、足音がこちらに近づいてきた。

「……わ、……顔……っ」

メイクをした顔がどうなっているのか、まだ自分の目で確かめていない。

なぜか動揺《どうよう》してしまい、スマホを握りしめたまま、すずめはカーテンの中にくるまって隠れた。

教室のドアを開ける音がして、足音が中に入ってくる。

息を詰めてじっとしていると――

「……ちゅんちゅん？」

（なぜバレた⁉）

がく然としたものの、よく考えたら靴下《くつした》だけは、前の学校指定のものをはいている。

獅子尾はまっすぐに近づいてきて、カーテンをはいでしまった。

「何やってん――」

の、という語尾は聞こえなかった。

ふり仰《あお》ぐすずめを、彼は驚いた顔で見下ろしてくる。

「………………」

見つめ合ったまま、どのくらい時間がたったのか。

すずめの方が先に我に返り、弾かれたようにその場から逃げ出した。

と、廊下を出たところで誰かにぶつかる。

「……って」

「あ、ごめん」

うめく声に振り仰ぐと、相手は馬村だった。

向こうもすずめと気づいたはずだが、こっちを見たきり、ただぽかんとしている。

「じゃあね！」

別のことで頭がいっぱいだったすずめは、それにかまわず再び走り出した。

とてもじっとしていられない。

なぜ、いつもとちがう自分を獅子尾に見られたくなかったんだろう？

なぜ、実際に見られて動けなくなったんだろう？

なぜ、彼がどう思ったのか、こんなにも気になるんだろう？

なぜ、こんなにも胸がドキドキと鳴りっぱなしなんだろう？

なぜ、なぜ、なぜ、なぜ、なぜ――

廊下を走りながら、いくつもの「なぜ」が頭の中をぐるぐるする。

そしてその答えは、すずめの心の中で明確に姿を現していた。

『その人が隣にいるだけで、気づくもんなんだから』

わたし、たぶん恋をした。

※

その日、諭吉《ゆきち》のカフェの扉には、昼頃から《本日貸切》のプレートがかかっていた。

夕方にグループの予約が入っているのだ。

手伝いに来たすずめに、諭吉は買い出しのメモと、お駄賃《だちん》の大福を渡してくる。

大福をもぐもぐしつつ、元気よく店を出たすずめは——その場で急停止した。

とつぜん目の前に獅子尾が現れたのである。

「あぁぁ、先生……っっ」

口の周りについていると思われる粉を、あわてて手でぬぐうすずめに、彼はプッと噴き出した。

「おいおい、どした」

カフェが休みだとは知らずに来たらしい。

事情を話すと、獅子尾は「せっかく来たから」と、買い出しにつき合ってくれた。

レジ袋を手に、二人で商店街を歩きながら、すずめは獅子尾の方をちらちらと見る。

「うん？」

「あ、いえ。す、すいません。手伝ってもらっちゃって……」

恐縮して言うと、彼はずっしりとしたレジ袋を持ち上げて苦笑いする。

「これ全部一人で買ってこいとか、諭吉さん案外人使いあらいね。そっち重くない？　かしてみ」

「え？　いやいや大丈夫ですっ」

遠慮《えんりょ》してレジ袋を引いたすずめの目が、そのとき、あるものに吸いついた。

福引きである。

（もう十二月だもんね……）

商店街の一画に、福引きのテントが立ち、そこに人が集まっている。今は親子連れがガラガラをまわして歓声を上げていた。

その光景を凝視するすずめに向けて、獅子尾はくすりと笑う。

「やる？」

誘うように言って、彼は行列の後ろに並んだ。

自分の番が来たとき、すずめは超真剣な顔で、ガラガラの取っ手をにぎりしめる。

景品の一覧を見ながら、獅子尾が訊いてくる。

「えーと、何を狙うの？」

「二等の赤！　水族館っ！」

即答に、彼は「……おぉ」と呑《の》まれたようにうなずいた。

「赤来い！　あーかーこーいー！」

恥《はじ》も外聞もなく、必死に念じて三回もまわしたというのに。

「残念！　はい、ティッシュでーす」

三回とも残念賞で終わってしまい、がっくりと肩を落とす。

落胆《らくたん》っぷりがおもしろかったらしく、獅子尾はくすくすと笑った。

「ちゅんちゅんは、なんでそんなに魚が好きなの？」

公園を抜ける近道を歩いているとき、そんなことを訊いてくる。

絵の具で色をつけたかのような、鮮やかな赤や黄色の葉を揺らす木々の下を歩きながら、すずめはしょんぼりと答えた。

「うちの地元、海がないんですよ。それで小学校のとき、夏休みに県外の海まで連れてってもらったんです」

「うん」

「そのとき食べたお寿司《すし》がめちゃくちゃおいしくて」

「あーそれで……」

「こんなにおいしいものがあるんだぁって、魚好きになって。でも近くに水族館なくて、ずっと行ってみたかったんです……」

「水族館が憧れの場所かぁ。ちゅんちゅんらしいね」

のんびりと言う、その声が思いの外《ほか》やさしく聞こえてしまい、ドキドキする。

おまけに獅子尾はさっきから、すずめにぴったりと寄り添うようにして歩いているのだ。

今にも腕がふれてしまいそうである。

(距離が……距離が、近……っ)

気恥ずかしさに耐えられなくなったすずめは、ふいに遊歩道の端に沿って続く手すりの上にのぼった。

そのまま手すりの上を歩き出す。

「またそんな子供みたいに……転ぶからやめろって」

獅子尾の注意に、きまじめに返す。

「大丈夫ですよ。わたし、こういうのすごい得意で……っ、あ！」

言っている傍からバランスをくずしたすずめを、獅子尾があわてて支えた。

「……‼」

好きな人の手に、腕をしっかりとにぎられて、どうしていいのかわからなくなってしまう。

「ほら。それ、貸して」

ため息をつき、彼はすずめから重いレジ袋を受け取った。

自分の分とすずめの分と、ふたつを片手で持ち、顔をしかめる。

「おっも！　はい、これで大丈夫」

「え？」

きょとんとするすずめの手を、獅子尾は空いている方の手でにぎった。

「行っていいよ」

「…………」

手すりの上で転ばないよう、手を引いてくれるのだ。

こみ上げてくるうれしさに、すずめは不安定な足場でわざと跳んでみたりした。

と、すぐに教師の口調で注意が来る。

「調子に乗らない」

嬉しくて、楽しくて、わくわくする。この気分は、どこかで感じたことがある。

心の中を探り、すずめはふと思い出した。

「先生――」

「うん？」

「わたし小さい頃、真昼に流れ星を見たことがあるんです」

「昼に？　流れ星？」

「はい。すごくまぶしくて、見てるとくらくらして、泣きたくなるくらいドキドキして。でもなんか目が離せなくて……」

「うん」

「先生は、その流れ星に似ています」

「……え……？」

意味を問うように訊き返され、すずめはハッとする。

いけない。なんだか変なことを言ってしまった。

「あ、いや、なんか先生といると楽しいって意味で……」

あいまいに笑うと、獅子尾もうなずいてくる。

「うん、俺も。ちゅんちゅんと一緒だとなんか楽しい」

「…………！」

一緒にいると楽しい。

獅子尾からの言葉が、すずめの胸をいっぱいにする。

思わず笑顔を浮かべると、彼はわずかに目をさまよわせた。

そしてつないだ手を引っ張って「下りる？」と訊いてくる。

すずめが下に飛び降りると、支えるためにつないでいた手を見つめ、

「もう、大丈夫だな」

と、獅子尾はゆっくりと手を放した。

すずめの期待が見せた、錯覚《さっかく》かもしれないけれど——こころなしか、それはややぎくしゃくとした仕草だった気がする。

……少し、名残惜《なごり》しげな雰囲気《ふんいき》だった気がする。

ふたりの間に流れた、不可思議な空気をごまかすように、獅子尾はあたりを見まわした。

「なんか……近道が寄り道になっちゃったな」

軽く笑いながら言い、ひとりで歩きだす。

すずめもまた、どこからともなく湧きだしてくる、くすぐったい思いに顔をほころばせる。

（手、つないじゃった……っ）

幸せ気分を噛《か》みしめて、すずめは前を行く背中を、弾む足取りで追いかけた。

5

少しずつ日が落ちるのが早くなってきた。

放課後になると、もう暗くなり始める。

すずめは誰もいない教室の中、窓際に立って中庭を見下ろしていた。

「こっち向け、こっち向け、こっち向け……」

窓枠《まどわく》に寄りかかり、小声でつぶやきながら視線を送る相手は、もちろん獅子尾《ししお》である。

中庭を歩いていた獅子尾は、視線を感じたのか、ふと顔を上げた。

すずめに気がつくと、軽く笑い、行ってしまう。

「…………っ」

ほんの小さなその笑顔に、胸を撃ち抜かれるような気分になった。

目が合って、笑いかけてくれる。それだけのことが、こんなにうれしいなんて、初めて知った。

我知らず、顔が笑みくずれてしまう。

両手で隠してみたものの、それは止まらなかった。うれしすぎて。

幸せ気分にひとりで身もだえていると——

「気色ワル」

「え?」

聞こえた声に、ハッとふり向くと、そこに馬村《まむら》がいた。

すずめはワタワタと返す。

「えっ、……あ、な、なに?」

「忘れ物」

「あ、そう」

「お前さ、」

「うん?」

「…………」

何かを言いかけて止めた馬村が、こちらをじっと見つめてくる。

「なに」

うながすように訊いた、その瞬間——

彼はいきなりすずめのほっぺたにキスをしてきた。

「え」

何が起きたのか。

意味がわからず、息を呑むすずめの前で、馬村は顔を真っ赤にして、にらみつけるように見据えてくる。

そして来たときと同じように、唐突《とうとつ》に去っていく。

残されたすずめは、ひとりでその場に立ちつくすしかなかった。

「…………え？」

※

「ちょちょちょ！　何やってんの⁉」

突然聞こえたゆゆかの声に、すずめはビクリと手を止める。

「……え？　あっ……！」

にぎりしめた化粧《けしょう》ブラシは、ほっぺたの上に、ありえないほど濃くチークを乗せている。

あわててティッシュに手をのばし、ふき取ると、ゆゆかは小首をかしげた。

「あんた今日変だよ。ま、いつも変だけどさ」

下宿先のすずめの部屋で、ふたりでメイクを練習しているところだ。

彼女は新しく買ってきたマスカラを試しながら、「まーね」となにげなく続ける。

「あんたも恋しちゃってるからね」

いきなり言い当てられてしまい、すずめは目を白黒させた。

「へ？　は⁉」

驚くすずめをしり目に、ゆゆかはこともなげに続ける。

「獅子尾先生でしょ？」

「……なんで？　ゆゆかちゃん、エスパー？」

「バーカ。学食のオバちゃんだって気づいてるっつーの。もう、さっさと告白しなって」

「先生に？　そんな……」

言いかけてハッとする。

しまった。これでは先生のことが好きだって認めているようなものだ。

「あ、いやちがうの。あのね、あのね……っ」

あわててごまかそうとしたものの。

ゆゆかは取り合わず、すずめの前にポンとノートとペンを置いた。

「はーい、今から大事なこと言うから書いてー」

「え？」

「やっぱさ、気持ち伝えてからがスタートなんだよ。まずは告白する。んで気持ち通じる。デートする。距離縮める。だんだんカレシ彼女っぽくなる。めっちゃ幸せ。そこまでやって恋愛なわけじゃん？」

「………っっ」

さすが、ゆゆかだ。

すらすらと流れるような説明を、すずめは必死に書きとめる。そして。

「わたしは告白するよ？」

決意を込めたゆゆかの声に、顔を上げた。

「……馬村に……？」

「他に誰がいんのよ」

「……だよね」

歯切れの悪い返事には気づかなかったようで、ゆゆかは鏡をのぞきこんでいる。

「クリスマスだしねー。お、このマスカラ盛れる」

「………」

馬村のおかしな行動について——言おうか、どうしようか。

迷っているうちに、彼女は目をぱちぱちとさせて、長い睫《まつげ》に満足したように、鏡に向けて笑った。

「だからあんたもがんばんな。めちゃくちゃ可愛《かわい》いカッコして、好きな人に好きっていうの。最高でしょ？」

※

二学期の期末試験が終わると、みんなの意識は一気にイベントモードに突入する。

すずめたちも、いつものメンバーで諭吉《ゆきち》のカフェに集まり、クリスマス・パーティをすることになった。

貸切なのはありがたいが、セルフサービスということで諭吉は店にいないため、すずめが中心になって食べ物や飲み物を用意する。

ツリーやサンタの人形で飾りつけられた店の中、すずめは盛り上がるみんなの間をせわしなく動き、飲み物を配ってまわった。

(——あ)

私服で集まった男子の中に馬村もいる。

なるべく意識しないよう、すずめはふつうに近づいていった。

「はい、馬村……」

ジュースのグラスを渡そうとするが、その前に彼はスッと離れていってしまう。

（……避けられた？）

地味にショックを受けていると、ゆゆかが傍にやってきた。

「なに。馬村くんとなんかあった？」

「ううん、何もないよ」

あわてて首を横にふったところで、ツルちゃんとカメちゃんが合流してくる。

「なんかふたりとも気合い入ってんね！」

「めっちゃカワイイじゃん！」

テンション高くはしゃぐ彼女たちと少しだけ話した後、ゆゆかは焦れた様子で、すずめを外に連れ出した。

おしゃれなテラス席である。

さすがに寒いせいか、誰も近づいてこないそこに、しばらくしてゆゆかのあきれ声が響きわたった。

「はぁ⁉　約束してない⁉　プレゼントも買ったのに？」

眉《まゆ》を吊り上げる彼女に、すずめはもごもごと答える。

「いや、予定は訊こうとしたよ？　ちゃんと職員室まで行ったし、声かけたし。でもなんかすっごい忙しそうでね……」

時間のあるときに会いたいなどと、言い出せる雰囲気《ふんいき》ではなかったのだ。

弁解するすずめに、ゆゆかは、ずいっと手を差し出してくる。

「ケータイ貸して」

「はい」

素直に渡してしまったところ、ありえないことを言われた。

「獅子尾先生に連絡する」

「えっ、ちょ、ムリムリムリムリ！　なんて送るの？」

腕をつかんで止めようとするものの、ゆゆかはうっとうしげにそれをふり払う。

「プレゼント渡したいでもなんでもいいじゃん」

「待って……！」

ゆゆかからスマホを奪い返し、すずめは必死に言った。

「自分で連絡する！」

……と言ってはみたものの。

どんなメッセージを送ればいいのか、見当もつかない。

ということで、やっぱりゆゆかに頼ることになる。

「おいでくださいって……バカ、業務連絡じゃないんだから」

「でも、『来てください』って上からっぽくない？」

「じゃもう、来て、で」

ぐずぐずと悩むすずめから、ゆゆかはまたしてもスマホを奪い取り、勝手にメッセージを打とうとする。

「いやいやいや、それだいぶ先行ってますけども！」

「じゃあ、おいで？　とか。一瞬会お？　みたいな」

「一瞬じゃないでしょ」

額を突きつけ、あーでもない、こーでもないと話し合った結果、ようやくそれらしい文面ができあがった。

「えーい！」

清水《きよみず》の舞台から飛び降りる気分で、すずめは目をつぶって送信ボタンをタップする。

「…………………」

そのまま。

ふたりして息を詰めてスマホの液晶を見つめていると――

五秒ほどして、送ったメッセージの横に《既読》の文字がついた。

すずめはゆゆかと顔を見合わせる。

「既読になった‼」

そしてふたたび画面を見つめていると――ほどなくピコン、と返信が来る。

『ごめん。今日ちょっと仕事つまってて。また今度』

（……ですよね）

頭ではそうわかっていても、ゆゆかと盛り上がっていたぶん、あっさりとしたお断りには、ちょっと凹《へこ》んでしまう。

「……ま、最初はこんなもんよ」

はげますように、ゆゆかが肩をたたいてきた。

※

「次カラオケ行こうぜ！」

すっかり暗くなった雑踏の中、猿丸《さるまる》が振り返って言う。

犬飼《いぬかい》や、ツルちゃんたちが「いいねー！」「行こ行こ！」と乗り気で応じた。

クリスマス・パーティだけでは、まだまだ騒ぎ足りないようだ。

けれどそこで、みんなを駅まで送ってきたすずめが、「ごめん！」と申し訳なさそうに言った。

「わたし今日は帰るね。叔父《おじ》さんにお店の鍵《かぎ》、返さなきゃ」

「そっか」

「じゃあまた明日。終業式でね」

声をかける女子にうなずいて、すずめは小さく笑う。

「うん。じゃあまたね」

「バイバーイ！」

みんなとは笑顔で手をふって別れていたものの。暗い道をカフェの方へ戻っていく背中は、どこか元気がない。

それを見ながら、馬村は気がつけばつぶやいていた。

「俺、帰るわ」

「え？」

ゆゆかが、物問いたげな眼差《まなざ》しを向けてくる。

しかしすぐに、そんなことは頭の中から消えた。

「わりぃ」

それだけ言って、すずめの消えた方へ走り出す。

カフェに向けて夜道を進んでいると、その途中で、肩を落としてトボトボと歩くすずめを見つけた。

馬村は足を早める。

そのまま、彼女が着ているコートのフードを、後ろからつかんだ。

「え？　……馬村」

「おまえ、ちょっとつき合え」

「え？」

きょとんとするすずめの手をつかみ、引っぱって歩き出す。と、あわてて後ろからついてくる。

馬村が向かったのは、このあたりで一番イルミネーションのきれいな場所だった。

少し前に、たまたま近くまで来る用事があって知ったのだ。

キラキラとまたたく色とりどりのイルミネーションを見て、すずめはたちまち目を輝かせる。

「うわー、すごいすごい！　きれー！　なにこれ、すごーい‼」

興奮した顔で、彼女は何度も似たような言葉をくり返した。

きょろきょろといつまでも周囲を見まわしている。

「すごいね馬村！」

予想以上に喜んでいる様子に、馬村もうれしくなる。けれど口では、そっけなく返した。

「お前すごいしか言ってねぇよ」

「だってほんとにすごいもん！　こんなの見たことないよ」

はしゃぐすずめに、馬村は何気なく切り出す。

「あいつと約束してたんじゃねぇの？」

とたん、すずめの笑顔からふっと力が抜けた。

「ううん、だって忙しいから。ほら終業式前だし成績表とか冬休みの課題の準備とか学年の連絡事項とか……」

ひと息にまくしたてて――次の瞬間、ハッと口を手で押さえる。

「あ、いや……ちがうよ。先生じゃないよ？」

馬村はあきれて、ため息をついた。

「お前、バカが悪化してる」

「……だよね……」

「ベタ過ぎじゃね？　担任、好きになるとか」

指摘に、彼女はさみしげに笑う。

「迷惑だよね。向こうは……《先生》なわけだし」

つぶやく顔には、転校してきたばかりの頃にはなかった影が、淡くにじんでいた。

じっとそれを見下ろしていると、やがて作りものの笑顔で振り仰《あお》いでくる。

「でも会いたかったんだぁ。今日は……どうしても……」

「クリスマスに会いたいとか、お前も意外とフツーだな」

「誕生日なんだよね」

「え？」

いま、なんつった？

思わず目をしばたたかせると、彼女はくり返した。

「今日、わたしの誕生日」

「………」

「いや、だからナニって言われたら、そうなんだけど……なんか、がんばって気持ち伝えるにはいい日かな、とか、思っちゃったんだよね」

白い息をはきながら、すずめが笑う。けれどそれは、どう見ても無理して浮かべているもので。

（誕生日に——そんな顔、するな）

気がついたら、馬村は自分のマフラーを外して、すずめの首に巻きつけていた。

「誕生日おめでとう」

「……え……」

作り笑顔を引っ込めて、すずめが目を丸くしている。——よし。

「やる」

「え、いや……でも」

とまどうすずめの頰《ほお》を、馬村はぷにっとつまんだ。

「俺が祝ってやる。だからそんな顔するな。笑え」

女にさわっているせいで、自分の顔が一瞬にして赤くなるのを感じる。

それでも離さないでいると、すずめは頰をつままれたまま、おずおずと訊ねてきた。

「……馬村、あのね。あの……ずっと訊かなきゃって思ってて……、こないだの……あれはさ……」

ふい打ちに、ぎくりとする。

「あれは……」

あれは、とっさの行動だった。自分でも説明がつかないくらいの。

後になって、だんだんわかってきた。

すずめが他の男を見つめていることが、おもしろくなかった。

こっちを見ろ――衝動的に、そんなふうに思ってしまった。

けど、そんなこと言えるはずがない。

すずめの頬から手を離して、馬村は無造作《むぞうさ》に言う。

「意味なんかねぇよ」

するとすずめは、あからさまにホッとした顔を見せた。

「……だよね。いや、そう思ってたよ？　だよねー。なんだもう……」

独り言のようにつぶやきながら、自然にこぼれた笑顔を見て――馬村の胸がもやっとする。

人の気も知らないで。

無邪気に笑うすずめの腕を、馬村はふたたびつかんだ。

「……え？」

目を瞠《みは》る相手を、じっと見下ろしたとき。

ピコン、とメッセージの受信音がその場に響いた。

「あ……」

すずめがスマホを取り出し、画面を確認する。

その顔が、ぱぁっと明るくなる。

メッセージのひとつで。いとも簡単に。

「…………」

今度こそ、馬村はすずめの腕をつかんでいた手を離した。

※

メッセージは獅子尾からだった。

指定されたとおり、誰もいない諭吉の店で待っていると、彼が走ってくる。

すずめのために息がきれるほど、必死に走ってきてくれたことに、ほわっと胸が温かくなる。

「あ、いた。ごめん。ほんとごめんね。遅くなって」

「……いえ……」

うれしさをこらえて、バッグの中をごそごそする。

「あ、先生これ……たいしたモンじゃないんですけど……」

用意したプレゼントを差し出すと、獅子尾はふと笑って、大事そうにそれを受け取る。

「遠慮《えんりょ》なく、いただきます。……開けていい？」

目線で問われ、うなずくと、彼はその場で包みを開封した。

丁寧《ていねい》な包装の中から出てきたのは――寿司《すし》柄のネクタイ。

お店で見かけ、すずめがひと目惚《めぼ》れした逸品である。

「こ……これは……なかなか」

すばらしさのあまり言葉がないのか、反応の薄い獅子尾へ、すずめはドヤ顔で胸を張った。

「いいですよね、コレ。すっごい探したんです！」

「お、おぉ。確かに。水族館には最高だな」

「え？　……いやいや！　そういう意味じゃなくて……！」

あわてて両手をふるすずめの前に、彼はスッと何かを差し出してくる。

遠慮がちに目をやると――それは二枚のチケットのようだった。

「なんの……え、水族館!?」

「行きたい人！」

「はい！」

思わず勢いよく手を挙げる。

と、獅子尾は「すなおだなー」と笑った。

そうだけど、ちがう。

獅子尾と水族館に行けるのもうれしいが、すずめが好きな場所を覚えていてくれて、わざわざそのチケットを取ってくれたこと自体、うれしくて夢みたいなのだ。

舞い上がる様子に、獅子尾は苦笑する。

「じゃあ明日行くか」

「………！」

自分史上最高に幸せな提案に、興奮しすぎたのか。

急に鼻がムズムズした。

「へ――くしょい！　はあああくしょい！　ひっくしょい！」

こらえる間もなく飛び出した、クシャミ変則三連発に、鼻水のたれる感触がつづく。

すずめはあわてて、両手で顔をおおった。

ティッシュを求めてアタフタしていると、獅子尾が噴き出す。

「君ねぇ、女の子なんだからティッシュぐらい持ってなさいよ。……えーと」

コートのポケットをぱたぱたとさわり、取り出したポケットティッシュから、獅子尾は二、三枚ほど渡してくる。

「あ、これ商店街でもらったティッシュだ。よかったね、こんなとこで役に立って」

「ズビバセン（すみません）……！」

鼻声とともに受け取って、急いで洟《はな》をふく。

（なんで、よりにもよって今こんなこと……！）

穴があったら入りたい。

きれいにした後、改めて向き直ったものの、恥ずかしくて獅子尾の目を見ることができなかった。

しかし彼は気にする様子もなく笑う。

「鼻、真っ赤。トナカイだ」

そう言って彼は、すずめの鼻を指先でつついた。

ふれられて、見つめられ——言葉を失う。

だまって見上げるすずめを、獅子尾も見つめ、二人の間にふと沈黙が下りる。

この空気は、なんだろう?

そのまま不思議な空気に動けないでいると、やがて獅子尾は、ふれていた指ですずめの顔を引き寄せる。

え。

心の中で声がもれ、反射的に目をつぶった。

静まりかえった店の中で、どきどきと信じられないくらい大きな、心臓の音が聞こえる。

しかし……予想していたことは起こらず、目を開くと、獅子尾は静かに離れていくところだった。

その瞬間、不思議な呪縛《じゅばく》がふわりと解ける。

「……先生?」

問いかける形になった呼びかけに、冷静な声が応じる。

「帰ろうか」

獅子尾の淡い笑みは、何とか冷静に振る舞おうとしているように……なんとなく、感じた。

なぜあんなことをしてしまったのか――

すずめを諭吉の家まで送り届けた後、車道を見下ろす歩道橋の上で、獅子尾はタバコを手に車の流れをぼんやりと眺めていた。

灰を落とそうとして、自分のその手が、すずめにふれたことを思い出す。

大学の頃から親しくしている諭吉の姪《めい》。

偶然にも自分の勤める学校へ転入してきたことから、何かと気にかけてきた。

はじめは、後先考えずに行動する彼女から目が離せなかったせいだ。

しかしやがて、裏表のない性格を好ましく感じるようになった。

子供だ、生徒だと甘く見て。気軽に接していたつけが、まわってきたのかもしれない。

頼りなく開いていた手を、ぎゅっとにぎりしめる。

※

そのとき、獅子尾のスマホが通話の着信を知らせる。

諭吉からだった。

「もしもし？」

電話に出ると、諭吉は、可能なら今すぐ店に来てほしいという。

急ぎの用ではないとのことだが、そのわりに硬い口調が気になった。

「わかりました。今から行きます」

通話を切って、その足でカフェに向かう。

ドアベルを鳴らしながら店に入ると、諭吉はカウンター前のスツールに腰かけて、獅子尾を迎えた。

その姿は……やはりどこか、いつもとちがう。

「悪いね、こんな時間に呼び出して」

「いえ……。電話の声、普通じゃなかったから」

「俺の？」

「はい」

素直に告げると、諭吉はフッと苦い笑みを浮かべる。

「ダメなんだよね。俺、すぐテンパるから。特に、すずめのこととなるとね。いや、まさか、とは思うけどさ。さっき店に戻ってきたとき……見ちゃったんだよね」

動揺《どうよう》をまじえての言葉に、獅子尾は息を詰めた。

痛いほどの沈黙が下り、諭吉の前でただ立ち尽くす。

と、彼は困ったように笑った。

「なんつー顔してんだよ」

「諭吉さん――」

言いかけた声は、語気の荒い諭吉の言葉にかき消される。

「おまえさ、自分が何しようとしてるかわかってる？」

それはまさに、先ほど自分で自分に投げかけていた質問で。

獅子尾はむしろ来るべきものが来た思いで、だまってうなずいた。

※

その日の夜。

すずめはベッドの上で枕を抱きしめ、獅子尾とのやり取りを思い返しては、脚をバタバタさせていた。

延々幸せを嚙《か》みしめた後、ふいにガバッと起き上がり、壁に貼られたノートの切れはしを凝視する。

それは、この間ゆゆかに書かされたメモだった。

『告白する→気持ち通じる→デートする』

急いで書いた乱雑な文字を、穴があくほど見つめる。

そして自分の中に、その言葉を刻みつけるように、ぽつりとつぶやいた。

「……告白……」

6

翌朝。

校舎の前で待ち構える馬村《まむら》の前に、獅子尾《ししお》がやってきた。

何やら難しい顔をしている相手を、いら立つ気分でにらみつける。

こちらの視線に気づいた獅子尾は、「早いね」と言いながら、前を通り過ぎようとする。

馬村は手をのばし、その胸ぐらをつかみ上げた。

「担任のくせに生徒たぶらかしてんじゃねぇよ」

低く告げると、相手は余裕ぶった笑みを見せる。

「たぶらかすってお前さぁ、そんな言い方……」

「笑ってんじゃねぇよ。あいつはそんなもんかよ。あいつのこと軽く扱ったら許さねぇから——」

な、と——言い終わるより前に、獅子尾は、首元をにぎる馬村の腕をつかみ返してきた。

それまでの薄笑いが一変し、凄《すご》みをはらんだ顔つきになる。

「うるせぇなぁ」

自分の腕をつかむ獅子尾の力は、容赦《ようしゃ》がなかった。

痛みよりも、その力の強さに驚き、馬村は声を詰まらせる。

獅子尾はそのまま、こちらの手を押し戻してきた。

「軽く？　そのほうがいいだろ」

こともなげにそんなことを言う。

軽く——本気にならず、あくまでごっこ遊びとでもいうことにして。

「そういうのわかんねぇうちは黙ってろ、クソガキ」

教師らしからぬ口調で言い捨て、獅子尾はごく自然な足取りで去って行く。

馬村の言葉など、どういうこともないと示すかのように。

「…………」

言いたいことは山ほどあるはずだったのに。

結局ろくにぶつけることもできないまま、馬村は去って行く背中をにらみつけた。

※

告白。今日こそ、告白をするのだ。

帰る前に気持ちを伝えて、そして――

二学期最後のホームルーム中、すずめはドキドキする心臓を抑えつけながら、教壇《きょうだん》に立つ獅子尾を見つめた。

こわい。……でも同じくらい、期待のこもった思いにドキドキする。

「ではお正月、あまりはしゃがないように。冬休み中の事故、怪我《けが》のないようにね。以上」

連絡事項を伝え終えた獅子尾の言葉に、教室は一気に開放感で包まれた。

ガタガタと机と椅子《いす》の音が響き、生徒達は声をかけ合って三々五々《さんさんごご》散っていく。

すずめのドキドキは最高潮に達した。

(――よし！)

心の中で自分に活《かつ》を入れると、教壇へと近づいていく。

「あの、先生。ちょっとお話が――」

うわずった声で切り出したすずめに、獅子尾はごく普通に返してきた。

「あぁ、よかった。俺も話がある」

先に片づけなければならない仕事があるとのことだったため、すずめは少し時間をつぶしてから、獅子尾の机がある社会科準備室に向かった。

緊張に心臓が破れそうだ。

すーはーと、大きく深呼吸をしながら、廊下《ろうか》ですれちがうカップルの上に、自分と獅子尾の姿を重ねてみる。

あんなふうに堂々と一緒にいることは、できないかもしれないけれど。でも……もしつき合ったら、と考えると、想像だけで胸がいっぱいになる。

準備室に着くと、すずめはもう一度大きく深呼吸をしてから、ドアをノックした。

ガラガラとそれを開けると、中にいた獅子尾がふり向いた。

「……あのさ」

「先生っ」

向こうが何かを言いかけたのを遮《さえぎ》るようにして、すずめは先走る気持ちのまま、ひと息に言ってのける。

「わたし、先生のことが好きです」

ど直球の告白に、獅子尾は言葉を失ったようだった。

そのままじっと見上げていると、彼はしばらくの後、小さく息をつく。

「……そっか。ありがとう」

「………」

獅子尾の気持ちを読み取ろうと、すずめは食い入るように見つめる。

しかし——予想に反し、特別な反応は見られない。

ややあって彼は、静かに応じた。

「でもごめん。こういうのは、やめよう?」

「……え……?」

顔がこわばるのを感じる。と、獅子尾はつらそうに眉《まゆ》を寄せて、すっと目を逸《そ》らした。

「だから、今日の水族館もナシ。ごめん」

「…………!?」

「いや、ほんとごめん。考えたんだよ。やっぱ常識的によくないよなって。教師と生徒が二人で出かけるとかさ。それに君のその、俺に対する気持ちは、きっと憧れに近いものだと思うんだ。だから……」

つらつらと話す獅子尾に、すずめはまっすぐに言う。

「先生。せめて、ちゃんと目を見て話してください」

獅子尾はその言葉に口を閉ざし、こちらに向き直った。

そして姿勢を正すと、真正面からすずめを見つめてくる。

「与謝野《よさの》。約束守れなくて、すまない」

「…………」

与謝野。

他人行儀《ぎょうぎ》な呼び方に胸をつかれた。

「……なんで」

何の迷いもなく見つめ返してくる眼差《まなざ》しに混乱しながら、すずめはあえぐように言う。

「せ、先生、言ってくれたじゃないですか。わたしといると楽しいって」

「そうだね」

「あれは本心じゃなかったんですか？」

「本心だよ」

「昨日も、来てくれましたよね」

「行った」

獅子尾はあくまで穏やかに答えてくる。

しかし、それとこれとは別だと、その目は言っていた。

(どうして?)

あんなに特別に気にかけてくれながら、それが好意とは無関係だなんて。

どうして、そんなふうに考えられるのか。

それとも……普通はそういうもので、最初からすずめの勘ちがいでしかなかったのか。

「先生。わたしのこと、好きじゃないんですか?」

思わず訊ねてしまうと、獅子尾はしばらくこちらを見つめてから、眉ひとつ動かさずにうなずいた。

「好きじゃなかった。ごめん」

「…………‼」

告げられた言葉の衝撃に、目をみはる。

何かを言いたかったが、のどの奥をふさがれたように、声が出なかった。

だまって立ちつくすすずめの前で、獅子尾はゆっくりときびすを返す。そしてためらう様子もなく、準備室を出て行ってしまう。

ショックが大きすぎて、感情がマヒしてしまったかのような。

そんな心地で、すずめはただぼんやりと、それを見送った。


現実を受け止めきれず、思考がうまくまわらない。

そんな状態のまま準備室を出たすずめは、ぼんやりと廊下を歩いた。

と、しばらくして昇降口にたどり着く。そこには友達を待っている様子の馬村がいた。

こちらに気づくと、彼は意外そうに声をかけてくる。

「まだ帰ってなかったのか」

何してたの？

言外にそう問われ、ふいに現実がドッと押し寄せてきた。

「…………っ」

「なんだよ」

振り仰《あお》いだまま、だまっているすずめに、馬村は怪訝《けげん》そうに眉を寄せる。

その顔を見て——押しとどめていた感情があふれ出した。

ぽろぽろと、大粒の涙をこぼすすずめに、馬村が息を呑《の》む。

「え、ちょっ……なに、なんだよ？」

後から後からあふれてくる涙を、ぐいと手の甲でぬぐいながら、すずめは子供のように訴えた。

「ふられた」

「は？」

「ふられたっ！」

「………………」

嗚咽《おえつ》まじりの声を張り上げると、それに動揺《どうよう》する馬村の気配を感じる。

きっと引いてるだろう。それに、そんなこと言われたって、馬村も困るだろう。

ようやく少し冷静になってきた頭でそう考え、すずめは目頭《めがしら》を手でおさえながら、馬村の横を通り過ぎようとする。

――――が、しかし。

その瞬間、馬村はこちらの腕をつかんで引き戻し、勢いよく抱きしめてきた。

「……え？」

「なにそれ。ムカつく。俺の前で泣くとかなに」

声が――耳だけでなく、ぴたりとくっついた身体《からだ》から、直接響いてくる。

深い怒りを押し殺したような、低い声が。

「……馬村……？」

これはいったいどういう状況なのか。

新たな衝撃に言葉を失っていると、彼は苦しげに揺れる声で続けた。

「お前、俺のこと好きになればいいのに」

「………っ」

何か、大事なことを言われたような気がする。

けれど今のすずめの心は、獅子尾にふられた事実でいっぱいいっぱいだった。

その意味を受け止めきれず、……かといって逃げることもできず。強く抱きしめてくる腕の中で、ただただ硬直してしまう。

そして。

左右にさまよっていたすずめの目は、そのとき、昇降口の向こうに立つ人影をとらえた。

「………!!」

それが誰か気づいたとたん、すずめはあわてて馬村を突き飛ばす。

「……ゆゆかちゃん」

小さくつぶやくと、ゆゆかはパッと身をひるがえし、外へ走って行ってしまった。

「ごめん、帰る！」

馬村に向けて言い、すずめは即座に追いかける。

バタバタと駆けるこちらの足音に気づいているだろうに、ほっそりとした背中は止まる様子を見せなかった。

それどころか拒《こば》むように、いっそう足を速める。

しかし校舎を出たところで、走り疲れたのか、速度が落ちる。

すずめは大きな声で呼び止めた。

「待って、ゆゆかちゃん……！」

すると、足を止めたゆゆかがくるりと振り返る。

彼女は怒りを燃え立たせた顔で、ギッとにらみつけてきた。

「なんでわたしが気づくまで、あんたは何も言わないの！」

「……ちが……っ」

思わず首を横にふったものの、くやしそうににらみつけてくる目は変わらなかった。

勝気なその瞳に涙がにじみ出し、みるみるうちにふくれ上がっていく。

「ゆゆ――」

すずめが何かを言う前に、彼女はふたたび走り去ってしまった。

全身で言い訳を拒むような《友達》の姿に、途方にくれてしまう。

「……なんで……」

どうして。

どこでまちがえたんだろう？

「なんで、こんなふうになっちゃうの……っ」

手で顔をおおい、またしても出てきた涙を必死に隠す。

こらえようとすればするほど、嗚咽がこみあげてくる。

「……なんで……！」

胸が痛い。涙が止まらない。

苦しい。

「――――……！」

ぬれた手で胸元をつかみ、すずめは声もなく泣いた。

こんなに、みんなが傷つくなら、恋なんかしなきゃよかった。

7

「わぁ……、一ミリも変わってないな」

　電車を降りて周囲を見渡すと、雪をかぶった山がまず目に入った。その手前には枯れ草色の畑と、ビニールハウスと、林と……、そういったものの合間にほんの少しだけ、民家が並んでいる。

　電車を乗り継いで四時間。

　たどり着いた無人の駅は、東京に引っ越すまで、自宅の最寄《もよ》り駅だった。

　晴れているせいか——それとも、久しぶりに生まれ故郷に帰ってきた懐かしさからか、冬の真っただ中だというのに、景色がやけに明るく見える。

　においまでが懐かしい。

　大きく息を吸うと、すずめは駅を出て、歩き慣れた実家までの道を、ゆっくりとたどり始めた。

『すずめ、元気？　お母さんよ。お正月、日本に帰るけど。あなたどうする？』

母の聡子《さとこ》からそんな留守電が入ったのは、クリスマスの後だった。

ひとりで家にこもってばかりの毎日に、少し気分を変えたほうがいいかもしれないと自分でも考えて、正月早々戻ってきたのである。

実家に着くと、玄関には正月飾りがついていた。

ただいまぁ、と入っていくと、「おかえり」と奥から聡子が出てくる。

「お母さん…」

懐かしさと、ホッとした気分に、思わず涙ぐんでしまうすずめに向けて、聡子は「あらあら」とおっとりと笑った。


実家で過ごす時間の心地よさは、ひとりで過ごした東京での冬休みと比べると、雲泥《うんでい》の差だった。

静かでなつかしい聡子との暮らしが、今のすずめには何よりの救いになる。

「なんか、すずめ、女の子らしくなったわね」

すずめの髪をとかしながら、聡子はしみじみと言った。

「忍者になりたいって木のてっぺんから飛び降りて、傷だらけになってた子とは思えないわ」

いつの話よ。

思わず笑ってしまうと、聡子は髪の毛を手早く三つ編みにして、ポンと頭をたたいてくる。

「可愛《かわい》くなっちゃって。……はい、できた」

それは以前とちがい、編み込みの形にされていた。そのせいか中学の頃よりも大人っぽく見える。

「……ありがと」

ここには、すずめを混乱させたり、傷つけるものは何もない。

かなうことなら、このままずっとここにいたい。

髪にさわりながら、すずめはそんな気持ちを噛《か》みしめる。

そして実際、ずるずると出発をのばし続け、新学期になっても東京に戻らなかった。

学校が始まっているということには、聡子も気づいているだろうに、何も言わない。

そのことに甘えているうち、またたくまに数日がたった。

「なんか多くない？」

ある日の夕食の準備中、天ぷらの具材の量を見て首をかしげる。

聡子は「いいのよ」と軽く返してきた。

その背中にちらりと目をやり、すずめは少し考えてから切り出す。

「……聞かないんだね。なんかあったの、とか」

聡子は小さく笑った。

「なんかあったから、ずっとここにいるんでしょ」

その声に、ピンポーン！　という玄関のチャイムが重なる。

「あら、誰だろ」

「いいよ、わたし出る」

パタパタと廊下《ろうか》を歩いて、すずめは玄関のかまちへ下りた。

ガラガラと引き戸を開けた、その先にいたのは――

「え……」

仏頂面《ぶっちょうづら》の馬村《まむら》と、その後ろに、さらに輪をかけて仏頂面のゆゆか。

東京にいるはずの二人が、電車で四時間もかかるこの田舎《いなか》の、すずめの実家の前に立っている。

「ど……したの……？」

しぼり出した問いに、ゆゆかが怒った声で返してきた。

「二週間も電話に出ないし、メッセージも返してこないし、学校にも来ないってどういうこと？」

「…………」

絶句するすずめの背後から、エプロンで手を拭きながら、聡子が朗らかに出てくる。

「いらっしゃーい。遠かったでしょ？」

馬村たちに挨拶《あいさつ》をした後、彼女はすずめを振り向いて、イタズラっぽい笑みを浮かべた。

「諭吉《ゆきち》から連絡もらってたんだけど、すずめをビックリさせようと思って。――さ、二人とも。入って入って」

うながされた馬村とゆゆかは、家に上がり、居間に荷物を置く。そして当然の流れで一緒に夕食をとることになった。

この面子《めんつ》で、ごく普通に鍋《なべ》を囲んでいることに、すずめは首をかしげてしまう。

しかし二人は何事もなかったかのように、聡子と会話を交わしていた。

「え、すずめは本気で忍者になろうとしてたんですか？」

ゆゆかが訊くと、聡子は「そうなのよ」と、まるで近所の主婦との井戸端《いどばた》会議のような相づちをうつ。

「畑のウシガエルを二十匹くらい部屋にずらっと並べて、呪文をとなえたりしてねえ」

と、馬村が箸《はし》を止めて、がく然とつぶやく。

「……二十匹……」

「あ、ごめんね。想像しちゃった？　ほら、すずめ。あれやってよ。いつもの、印《いん》を結ぶやつ」

「え……いいけど」

母からの突然のご指名に、すずめは箸を置いて、両手を組み合わせた。

「臨・兵・闘・者・皆・陣・列・在・前……」

一語ごとに指の組み方を変えると、馬村が真顔で返してくる。

「目がマジだわ」

ゆゆかはけたけたと声をたてて笑った。

「あんた面白すぎ！」

懐かしい笑い声に、すずめの顔もついほころんでしまう。

そして気がつけば、一緒になって笑っていた。

その夜、ゆゆかはすずめの部屋に泊まった。

すずめはベッドに、ゆゆかはベッドの下に敷いた布団に、それぞれ横になる。

そしてしばらくたった頃。

天井を見上げていたすずめは、明らかに寝たふりをしているゆゆかを、そっと呼んだ。

「ゆゆかちゃん」

「もう寝てるから」

不機嫌な声は、彼女もまたタイミングをはかっていた雰囲気《ふんいき》を伝えてくる。

しばらく口ごもり、やがてすずめは言った。

「ごめん」

「……あんたに謝られるとムカつくのよ」

もう怒ってるじゃん、と心の中で返す。

だまっているすずめに何を思ったのか、ゆゆかはさらにぶつぶつと続けた。

「わかってる？　わたしが怒ってんのは、あんたが何も言わなかったことだよ？　馬村くんのこともだけどさ、あんただっていろいろあったんでしょ？」

何も話さないで、自分ひとりで悩んで、解決して――

でもそれは、ゆゆかを軽く見ていたせいではない。むしろその逆だ。

話せば、きっと傷つけると思ったから。

「……言えなくて……」

「なに、わたしが可哀相《かわいそう》とか思ったわけ？」

「ちがうよ！」

ベッドから跳ね起きたすずめに、ゆゆかもまた声を張り上げる。

「じゃあなんでよ！」

「だって大事だから。ゆゆかちゃんのこと……」

「………」

「すごく大事で……だから、なんて言っていいかわからなくて……」

正直に言うと、彼女はゆっくりと布団から身を起こした。

「それが違うの！　なんでもいいから言うの！　二人でいっぱい喋《しゃべ》って、泣くなら一緒にわーわー泣いて、で、もうどうでもいいかってなんの！　そういうもんなの！　わたしだってね――」

言いかけて言葉を止め、彼女は声のトーンを少し落とす。

「……わたしだって、あんたのことは大事なんだよ」

ベッドの上にいるすずめをキッと見やり、ゆゆかはばふん、とまた布団の上に横たわる。

「あああほんと腹立つ！　馬村くんもわたしのことサラッとフるし」

「え？」

「フラれたの！　他に好きなやつがいるから、ごめんって……」

「………」

なんて声をかけようか迷っていると、ゆゆかは目頭《めがしら》に手を置いた。

「もういいよ。馬村くん、ちゃんと、精一杯の言葉でフってくれたから」

「………」

いつ告白したのかは分からないけれど。

彼女も痛みを抱えて、ひとりでこの冬を過ごしていたのだろうか。

そしてわざわざここまで、すずめのために来てくれた。

(ありがとう、ゆゆかちゃん――)

しみじみとそう考えた、瞬間。

「うー思い出したら、なんかイライラしてきたっ！」

そんな叫びと共に、すずめの顔にべしっと枕が飛んでくる。

「ムカつく！」

「いたっ！　今のわざとでしょ！」

「わざとだよ！」

開き直って言い、ゆゆかはさらに手近にあったクッションを投げてきた。

「あー、じゃあこっちだって！」

顔にぶつかったクッションを投げ返すと、ゆゆかは笑いながら悲鳴を上げる。

「顔はやめて！　顔はやめて！」

枕投げは、その後しばらく続いたものの――疲れが出たのか、それとも言いたいことを言ってすっきりしたのか。

ほどなくゆゆかは力つき、爆睡を始めた。

（ありがとう、ゆゆかちゃん……）

心の中でもう一度言い、すずめはそっと部屋を出る。

水を飲みに台所に向かったところ、ぽつんと縁側に座る影に気がついた。

馬村だ。

「まだ起きてたの？」

近づいていくと、低い声が「ああ」と答える。

「そこ、寒くない？」

「ああ。大丈夫」

「………」

「……いいとこだな」

馬村の口から、ぽつりとこぼれた言葉に、すずめは嬉しくなった。

「うん」とうなずきながら、隣にしゃがみこむ。

すると馬村は、少し迷うそぶりで切り出してきた。

「あんなことしてごめん」

「………」

「お前が辛《つら》いときに、ごめん」

真摯《しんし》な声に耳を傾けながら、すずめは自分の心の中をじっと見つめる。

獅子尾《ししお》にフラれた。

その後で、馬村の想いを知らされた。

それから――それから?

自分の本心から目をそらさないよう、よく考えた末に、すずめは静かに返す。

「……わたし、馬村の気持ちにはこたえられない」

「……うん、わかってる。でもさ……」

ごく軽く応じて、彼はこちらをちらりと一瞥《いちべつ》してきた。

「帰ってこいよ」

やさしい声に、すずめも思わず相手を見る。

馬村は、すっきりしたような顔で、ぶっきらぼうに言った。

「お前いないとつまんねぇし」

「…………」


結局、その夜はあまり眠れなかった。

二人の言葉を思い出すと、また泣けてきて。

すずめだけじゃない。みんな、それぞれに傷ついていた。

にもかかわらず、すずめのことまで心配して、来てくれた。

（泣くのは、もう終わり）

強くて、やさしくて、大切な――友達。そんな存在が、自分にはいるのだから。

翌朝。すずめは勢いよく部屋のカーテンを開けた。

きらきらとした朝の日差しに目を細める。

「ゆゆかちゃん、起きて。顔めっちゃブサイクだよ！」

とたん、寝ぼけながらゆゆかが飛び起きる。

「えっ、うそ‼」

鏡を探してパニクるゆゆかを見て、すずめは噴き出した。

声を立てて笑いながら、今度泣くときは誰かのためか、うれしいとき——そう心に決めた。

8

東京に戻った翌日、すずめは久しぶりに登校した。

校門のところで、獅子尾《しし お》が生徒達に声をかけている姿が目に入ったが、かまわず歩き続ける。

「おはようございます」

ちゃんと目を見て、はっきりと挨拶《あいさつ》をした。

そのまま通り過ぎてしまったため、獅子尾がどんな反応をしたのかは分からない。

すずめはただ、背をのばして前に進むだけだ。

少し歩いたところで、かたまって歩いているみんなの背中が見えた。

ツルちゃんとカメちゃん、それに猿丸《さるまる》と犬飼《いぬかい》は、すずめに気づいて「おおお！」と笑顔で迎えてくれる。

「やっと来たよー！」

「どしたの？　心配したじゃん」

「まぁいいじゃん。来たんだからさ」

「よかったよかった！」

それぞれ声をかけ、すずめの肩をたたいたり、頭をぐしゃぐしゃしてくる。

その歓迎っぷりがうれしくて、泣きそうになった。

来てよかった。

まだ、獅子尾とのことを完全に乗り越えたわけではない。

でもゆゆかと馬村《まむら》が迎えに来てくれたおかげで、だいぶ気持ちを立て直すことができた。

そしてみんなと久しぶりに会って、ちゃんと笑うことができた。

（大丈夫――）

今はムリに忘れようとなんてしない。

この気持ちを抱えたまま、前に進めばいい。

※

そのまま三学期が終わり、桜の季節になり――

三年生になって、担任が替わって、すずめは獅子尾とほとんど顔を合わせなくなった。

新学期。

開けっ放しの窓の外から、にぎやかな女子の嬌声《きょうせい》が聞こえてくる。

「？」

教室にいたすずめが、ふと中庭を見ると、そこには犬飼や猿丸と歩く馬村の姿があった。

そしてその後ろをついて歩く、一年生とおぼしき女の子たち。

短気な馬村が、イラついたようにふり向いて、彼女たちをにらみつける。が、しかし。

「目が合った！　マジやばーい！」

一年生たちはかえって喜び、はしゃいでいた。

横に立ったツルちゃんが、「おーおー」とつぶやく。

「今大人気なんだよね、馬村。ドSの王子だって」

「……ムカつく……」

ゆゆかが低い声でボソリと言う。

ツルちゃんとカメちゃんはそれを見て笑った。

「でもさ、すっごいガンガン行く子とかいたら、どうなるだろうね？」

「で、まあまあ可愛《かわい》くて、胸がデカかったら？」

「案外、馬村もコロッといったりしてねー」

冗談っぽく言いながら、二人は声を重ねて笑う。

しかしすずめは、胸の中でなにやらモヤッとした気持ちが生まれるのを感じた。

「……なんか、ヤだな……」

「はあ?　なにそれ」

顔をしかめたゆゆかが、すずめの腕を引っ張って、少し離れたところへ移動する。

「あんたがそう思うっておかしいでしょ。フッといてなに勝手なこと言ってんの。バカじゃないの。ってかバカ?」

「あ、だよね……」

もっともな指摘に、ちょっと恥ずかしくなる。

するとゆゆかは、ニヤッと笑ってすずめの顔をのぞきこんできた。

「その気持ち、なんていうか知ってる?」

「………?」

「ヤキモチっていうの」

「……え……?」

思わず訊き返したとき、ツルちゃんとカメちゃんがこっちにやってきた。

「ねぇ、あの一年女子ってさ、逆に馬村に彼女がいれば収まるんじゃない？　ニセカノでもさ」

「そうそう。ゆゆか。ニセカノになって見せつけてやんなよ」

二人が言ってくるのへ、ゆゆかはさらっと返す。

「いやいやいや、わたしじゃレベル高すぎてリアリティないから」

「わー自分で言うし」

「じゃ、すずめちゃんにやらせよ」

ツルちゃんのひと言に、すずめは「え？」とまばたきをした。

（わたし？）

おりしもその時、少し離れたところに座っていた馬村と目が合う。

馬村とは、あいかわらず友だちとしてうまくやっていた。

でも時々こんなふうに、こっちを見ている彼に気づくことがある。

そういうとき、すずめは決まって、どうしていいのかわからなくなって、さりげなく視線を外してしまう。

誰かの机をじっと眺めていると、向こうで馬村の声が響いた。

「俺、こいつと、そういうのはいらねーわ」

無造作《むぞうさ》な声で、バッサリと。

ツルちゃんたちの提案を切って捨て、馬村は一人でどこかへ行ってしまう。

離れて行く足音を聞きながら、すずめは彼から目を逸《そ》らしたことを、ちょっとだけ後悔した。


「でも……あんな言い方しなくたっていいじゃんね……」

ぶつぶつぶつ。

すずめは、昇降口近くに置かれている金魚鉢《ばち》の中に、食べかけのパンをちぎって入れた。

目玉の大きな金魚が三匹、パンくずを求め、水面まで出てきてぱくぱくと口を開ける。

無心にパンくずを食べる金魚を眺め、小さく息をついた。

「あんたたちはいいね。なんも考えてなくて」

「失礼だなぁ。意外と考えてますよ？」

返事に、すずめは「え」と固まる。

この声は。

あわててふり向くと、そこに獅子尾が立っていた。

「相変わらず魚好きだね。……元気？」

「………」

すずめは小さくうなずく。

突然のことに、顔がこわばり、うまく声が出てこない。

「そう」と相づちをうったきり、獅子尾もまた黙ってしまった。

奇妙な沈黙がおりる。

すずめは、勝手に自分の目頭《めがしら》が熱くなるのを感じた。

もう大丈夫。次に会ったときは普通でいられる。――そう思っていたのに。

普通でいるどころか、しゃべることすらできない。

「えっと……あのさ……」

緊張を察したのか、獅子尾が、ぎこちなく何かを言いかける。が、そこへ。

「おい」

硬い馬村の声が、割って入ってきた。

「なにしてんだよ」

「なにもしてないよ。行こう」

そそくさと立ち上がり、すずめは馬村をうながして、場を離れようとする。

その瞬間。

馬村の腕がのびてきて、すずめの首にかかり、ぐいっと引き寄せられた。

彼は片腕で、自分の胸にすずめを抱え込むようにして、獅子尾を見据える。そして真っ赤な顔で言い放った。

「もうこいつにかまうなよ。俺たちつきあってるから」

(えぇぇぇぇぇぇ――――)

抱え込まれたまま、すずめは目を白黒させる。

突拍子のない展開についていけない。

ほんの一瞬、獅子尾が狼狽《ろうばい》の顔を見せた。

「ちが……っ」

すずめはとっさに首を横に振りかける。――が、しかし。

「そうか。おめでとうな」

動揺《どうよう》は一瞬で消え、獅子尾は穏やかなほほ笑みを浮かべた。

「仲いいのもいいけど、そろそろ教室に戻れよ」

そう言い残し、自然な動作で職員室の方へ向かっていく。

「………」

ぼう然とそれを見送ったすずめは、やがて自分が馬村にヘッドロックをされた状態でいることに気がついた。

とっさにドン！　と相手を突き飛ばす。

「……って。お前、また……」

「なんであんなこと言ったのっ⁉」

本気で怒鳴りつけると、馬村もムッとしたように言い返してくる。

「気が変わったんだよ。お前、ニセカノ役やるんだろ？」

「でもなんで今？　さっき、そういうのいらないって言ってたじゃん‼」

肩をいからせてそう言い捨て、走り出そうとしたすずめの行く手を、馬村はすばやく壁に手をついて阻《はば》んできた。

二人して、ムキになってにらみ合う。

やがて馬村は、やたら上から目線の口調で、えらそうに宣言した。

「やるならやってもらうから。ニセカノ」

と、いうわけで――

それから数日、すずめは馬村と二人だけで帰ることになった。

そもそもいっしょに帰ること自体、初めてである。

こういうところが、友だちとカノジョのちがいなのかも……と、すずめは考えたのだが。

しかし。

「えー、あれってつき合ってるの?」

「自分で友だちだって言ってたみたいよ」

「どうなんだろー。じゃあちがうのかな?」

後ろから聞こえてくる、一年女子たちのヒソヒソ声が、ちくちくと背中にささる。

馬村の後をついてまわっている彼女たちの目に、すずめはカノジョとして映らないようだ。

(まぁ実際やらされてるだけだしね……)

そのくせ効果はないのだから最悪だ。

「これ、普通に帰ってるだけだけど?」

むくれたまま、ちらりと横を見る。

馬村もまた前を向いたまま、ムッとしたように黙り込んでいる。

「こんなんじゃ効果ないいんじゃ――」

さらにぶつぶつ続けようとした矢先、彼はやにわにすずめの手をつかんできた。

「……え……」

勢いのまま、手のひらで包み込み、ぎゅっとにぎりしめてくる。

そうしながら、馬村は耳どころか首まで真っ赤になっていた。

すずめの目線に気づくと、彼は空いている方の手で赤い顔を隠し、無理やりつないだ手の力を、少しだけゆるめる。

「…………」

どうしようもない緊張が、そのまま伝わってきて、すずめから言葉を奪った。

そのまま、どちらとも話をすることなく、だまって歩き続ける。

その間すずめは、ひどくあたりまえのことを、しみじみと感じていた。

（馬村の手と、先生の手……ぜんぜんちがう）

9

「ニセカノ作戦、大成功だね。一年女子、ぜんぜん来なくなったじゃん」

「でもなんか、あっさりいなくなったよね。なんでだろ」

ツルちゃんとカメちゃんの声に、すずめはつい教室の向こうにいる馬村《まむら》を見てしまう。

ゆゆかはそれに目ざとく気づいて、ニヤニヤと笑った。

「あんたたち、なんかあったでしょ？」

「えっ？　な、なんもないよ？」

あせって返した言葉は、嘘ではない。……と思う。

毎日、ニセカノのふりのために手をつなぐことは、『なんか』のうちに入るのかどうか。

しかし、それが作戦の効果につながったことは、確かなようだ。

その日の帰り道。

すずめと歩く馬村についてくる人間は、ひとりもいなかった。

(ってことは――)

質問をこめて見上げると、馬村もボソリと言ってくる。

「もう終わりでいいんじゃね?」

「……そだね。一週間もやったしね」

少しだけ、さみしい気分でうなずく。そんなすずめに、馬村は「じゃあ……」と何かを差し出してきた。

水族館のチケット、のようだ。

「……え……?」

「一週間のお礼。お前、魚、好きじゃん」

なにげなく出されたチケットを見つめるうち、去年の冬休み前のことが、脳裏《のうり》によみがえる。

『じゃあ明日行くか』

そう言ってくれたのに。その翌日、獅子尾《ししお》は言葉をひるがえした。

びっくりして固まるすずめの様子に、何かを察したのか、馬村が顔をくもらせる。

「……なに。あいつと行った?」

「ううん」

すずめはとっさに首を横にふった。

いつまでも。

あの時の記憶にとらわれてちゃダメだ。

前に進まないと。

自分をはげまし、意識して笑顔を作る。

「びっくりしたの。すっごい行きたかったから！」

※

「うわ、すごい、きれい、なにこれ、わーイワシが大量に集まってる！　え、サメってこんな色なの⁉　うわ、エイでかっ！　すごーい‼」

青く輝く水槽《すいそう》の中を貫く通路に立ち、すずめは興奮に目を輝かせた。

右を向いても魚。左を向いても魚。頭上を見ても魚が目に入る。

(なんだこれは天国か！)

鼻息も荒く周りの景色に見入るすずめに、馬村が笑う。

「うるせーよ」

「だって、だってさ、これ海！　まんま海……っ」

そう言っているそばから、水槽の奥の方に固まっていたマイワシの大群が、ザーッとやってきて銀色の渦《うず》を描き、頭上を通り過ぎていった。

「わあぁ……」

ほの青いライトで照らされた幻想的な光景に、すずめの目はひたすら釘づけになる。

かと思えば。

また別のエリアには、ヒトデやヤドカリ、ウニなど、テレビでしか見たことのない生き物と、実際にふれ合うコーナーまである。

「ほら、馬村もさわってみなよ！　意外とカチカチだよ！」

手のひら大のヒトデを持ち上げて渡そうとすると、馬村はサッと避けた。

「やめろ、バカ」

「あ、ナマコの方がいい？」

ヒトデを戻し、ナマコを手のひらの上に載せたすずめの横で、馬村が顔をひきつらせる。

「それ、わざとやってんだろ！」

「え、だってかわいいじゃん……」

「え……」

しごくマジメに答えたすずめに、馬村は絶句し——それから噴き出した。

「お前、おもしろすぎ！」

「はぁ？」

おもしろいのは馬村のほうなのに。

そう思い、すずめはヒトデを馬村に近づける。と、思ったとおり「うわっ」と逃げた。

「ほれ。——ほれ、ほれ」

「やめろって…！」

ふざけ合いながら、他にもイルカのショーを見て、レストランでカニのパスタを食べ、ギフトショップで魚グッズを物色する。

初めての水族館は、予想をはるかに越えて楽しかった。

やっぱり来てよかったと思う。

（誘ってくれた馬村に感謝しないと……）

エスカレーター式の水中トンネルの中、すずめは夢見心地で、悠然《ゆうぜん》と泳ぐ魚たちを眺めた。

「ね、あれってさ……」

すぐ後ろにいる馬村をなにげなくふり返り——そのとたん、ハッとする。

上りエスカレーターの段差のせいで、馬村の顔がすぐ目の前にあったのだ。

おまけに、彼は水槽ではなく、すずめの顔をじっと見ていた。

「…………っ」

ぱっと顔をそむけ、前を向き直ったものの、なおも視線を感じる。

ふたりの間に沈黙が下りた。

気まずくなった空気をどうしようと、頭を空《から》まわりさせていると、ふいに馬村がつぶやく。

「……ごめん。俺やっぱ好きだわ」

ぽつりと。そんなことを言って、彼は赤くなるのを隠すように、両手で自分の首を押さえた。

「くっそ、こんなこと言うつもりなかったのに……」

すずめもまた反応に困り、下を向いてしまう。

馬村の声に力がこもった。

「おい、与謝野《よさの》すずめ。こっち向け」

思わず言う通りにすると、まっすぐ見下ろしてくる眼差《まなざ》しにぶつかる。

「お前がバカで、めんどくせぇ性格なのも、まだあいつのこと引きずってるのも、知ってる。それでも諦められない俺はもっとバカなんだろうな。一回フラれてるし。でも、俺……お前しかいない」

赤い顔で、真摯《しんし》に言葉を紡《つむ》ぎ、馬村ははっきり言った。

「好きだ」

相手を見上げたまま、すずめは動けなくなる。

何を言えばいいのか――

「わたし、わたしは……」

緊張して、困惑して、言うべきことを探していると、馬村は首をふった。

「答えは今すぐじゃなくていい」

そう言い置いて、彼は先に歩き出し、そのまま帰ってしまう。

視界を埋めつくす魚は、もう目に入らない。

ひとりで去る背中を、ぼんやりと眺めるすずめの心は、馬村のことでいっぱいだった。

それからすずめは考えた。

馬村のことは、もちろん好きだ。

でも友だちとして好きなのか、それとも恋愛として好きなのか、はっきりとわからない。

もしまた間違えて、失うことにでもなったら、きっとたえられない。

水族館からの帰り道も、下宿先に帰ってからも、夜にベッドに入ってからも、ずっとそのことだけを考え続けた。


「………」

悶々《もんもん》としながら夜を過ごし、やがてカーテンの隙間《すきま》から光が差し込んでくる。

ひと筋の光が、暗い部屋の中を照らす。

それをぼんやりと見ていたすずめは、ふいに、ガバッと起き上がった。

意を決して顔を洗い、制服に着替え、家を飛び出す。

早朝の住宅街の中を、気持ちのままに走り抜けていく。

思えば、すずめはいつも与えられてばかりだった。

獅子尾にも、馬村にも、いつも手を引かれてばかり。

(だから今度は、わたしが向かっていくよ)

踏切を駆け抜け、人気《ひとけ》のない道をさらに走り——やがて馬村の家の前にたどり着く。

スマホを取り出して電話をすると、しばらくして玄関から、寝グセ頭に寝ぼけまなこの馬村が出てきた。

「なに、どしたの……？」

「昨日の……、返事……、しようかと思って……」

ぜーぜーという息切れの合間に、とぎれとぎれに言うと、馬村は目を剝《む》く。

「え、今⁉」

「うん」

「……わかった」

こちらの雰囲気《ふんいき》に、本気を感じたのか。

馬村は手ぐしで髪をなでつけ、Tシャツの皺《しわ》をはたいて、体勢を整える。

「言えよ。聞くから」

うながされ、すずめは大きく深呼吸をした。

「正直に言います。馬村は……先生と全然違う」

「………」

「わたし……先生といるときは、いつもドキドキして、そばにいるだけで嬉しくて、でも胸は苦しくて、なんていうかすごく、恋してる、って……感じだった」

　ひと晩かけてまとめた考えを、必死に伝える。

「でも馬村といるときはぜんぜん違くて、言いたいこと言えるし、一緒にいると落ち着くし。すごくつらいときも、馬村がいてくれたから立ち直れた。……でもね、これが恋かって言われたら、正直、わからない。ごめん」

　その結びに、馬村は詰めていた息をつき、あきらめたような顔になった。

「そっか。……わかった」

「と、いうのが、昨日までのわたしの考えでして……」

「は？」

「こっからが、今のわたしの考え」

　きまじめに時系列を示すと、馬村が声を張り上げる。

「お前、ほんとめんどくせえな！」

「いやでも、あの、あのね……！」

　あわてるすずめの前で、彼は憤然《ふんぜん》と腕を組んだ。

「わかったわかったわかった。聞くよ！」

「馬村は馬村だもん。先生といる時と同じ気持ちになるはずがない」

「…………」

「……だから」

そこでまた大きく息を吸い、すずめはまっすぐに相手の目を見た。

「わたし、全力で、馬村の方を向く努力をする」

「…………」

「ごめん、上から目線で。でも……でももし馬村が、それでも、まあいっかな、とか。とりあえず一緒にいてやるか、ぐらいの気持ちで……考えてくれるなら……」

そこで、少しだけ気持ちがひるんでしまう。

いやダメだ。言え。

（がんばれ、わたし！）

自分を奮《ふる》い立たせ、すずめは真正面からはっきりと告げた。


「わたしとつきあってください」


馬村は、しばらく言葉が出ないようだった。

しかしやがて、いつものようにボソリと応じる。

「すげーむちゃくちゃだな、お前。知ってたけど」

「………」

「お前がそういうやつだってことくらい、知ってるわ。バーカ」

今度は馬村が、少し姿勢を正す。そして見たこともないような、優しい目を向けてきた。

「今まで以上に大切にする。よろしくお願いします」

「―――――」

うれしさと、安堵《あんど》と、これ以上ないほどの緊張と。

すべてが混ざり合い、すずめの胸をいっぱいにする。

「こ、こ、こ、こちらこそ！」

「………」

「………」

お互い、相手に負けないほど真っ赤になって。

向かい合って赤面したまま、しばらく動けずにいた。

通勤する人や、ゴミを持ったご近所さんが、いぶかしげにふたりを眺めては、通り過ぎていく。

「えっと……じゃあ……ね」

ややあって、すずめは馬村にぎくしゃくと声をかけてから、来た道を戻り始めた。

その背中に、「すずめ！」と馬村の声が飛んでくる。
「また学校でな」
「うん！」
初めて名前を呼ばれたうれしさに、自然に笑顔がこぼれる。
おまけに――
下宿先まで走って戻りながら、なぜだか涙があふれてきた。
（これは、なんの涙？）
涙を拭きながら走り続ける。
わからない。けれどいやな気分のものではなかった。
今度泣くときは、誰かのためか、うれしいときって決めてた。
そう考えると――この涙は、両方かもしれない。

10

「いや――、ちょっと想像できないんだよねぇ」

猿丸《さるまる》が、そう言ってすずめをチラ見する。

「想像すんじゃねえよ」

馬村《まむら》は憮然《ぶぜん》と言い返した。

ホームルーム中。黒板には、《体育祭》《競技》《係》などの文字が並んでいる。

新学期のせわしなさにもいち段落ついたこの時期、ホームルームの話題といえば体育祭のことばかり。

今日も、各競技に参加する選手の選出について、クラスメイトたちが話し合っている。

しかし馬村の周りはちがった。

犬飼《いぬかい》と猿丸はふたりして、今日、女子グループから驚きの顔で報告された話題を蒸し返してくる。

『すずめと馬村、ついにくっついたんだって！』

おそらくすずめの様子が変なことに気がついた猫田《ねこた》あたりが問い詰めて、あっという間にバレたのだろう。

（白状してんじゃねえよ）

そう思いつつも、おかげですずめとカップルとして見られるようになったことは、悪い気がしない。

ともすればゆるみそうになる口元を、頰杖《ほおづえ》をつくふりで手で押さえる。

いつもの仏頂面《ぶっちょうづら》を装う馬村を、猿丸はさらにからかってきた。

「だってつき合うってことはさあ。いろいろ……」

そんなことを言いながら、犬飼と一緒になって、すずめと馬村とを交互に見る。

「だから想像すんじゃねえよ！」

思わずどなった瞬間、教壇《きょうだん》に立っていたクラス委員が、さらりと言った。

「じゃあクラス対抗リレーは馬村くんで」

「え、は、……いつの間に？」

いいでーす、と答えるクラスメイトたちを尻目に、馬村がぽかんとしていると、猿丸が手を上げながら大声で返す。

「いいと思いまーす！　去年も出てたし、てか、こいつ今調子に乗ってるんで、すげえ走ると思いまーす」

その発言に、クラス中がドッと笑う。

馬村は猿丸をねめつけた。

「……お前さぁ……」

「まぁまぁ！　見てるっ。与謝野《よさの》が見てる」

おどけながらのふりに、ついすずめの方に目をやると、本当にこっちを見ていた。

目が合うと、お互い赤くなり、ぎくしゃくと視線を逸《そ》らす。

その様子に噴き出した猿丸と犬飼に、ぷいっと背を向けつつ。

からかわれることに、言うほど腹が立っていないのもまた事実だった。

※

体育祭で使う小道具は、各クラスから数人ずつ係が集まって、一緒に作ることになっていた。

そんなわけで係になったすずめは、作業の場である家庭科室に向かう。

そこはすでに、知らない生徒たちでいっぱいだった。

所在なくすみっこに立っていると、ガラリとドアが開いて、ダンボールを抱えた顧問《こもん》が現れる。

（――――あ）

「えーと、ここが小道具係かな？　全学年集まってる？」

そう言って教室を見まわしたのは、獅子尾《ししお》だった。

彼もまた、生徒の中にすずめを見つけて、ふと動きを止める。

と、近くにいた生徒が手をのばし、ダンボールを受け取った。

「先生、遅いですよ！」

「ごめんごめん。これ意外と重くてさ……」

小道具係は、応援用のポンポンやゼッケン、ハチマキなどを作る。

道具を受け取って各々《おのおの》作業に入ると、家庭科教室はなごやかな雰囲気《ふんいき》になった。

生徒たちは手を動かしつつ、負けずに口も動かしている。

そんな中、友だちもいないすずめは、ひたすら作業に没頭した。

ポンポンを幾つか作った後は、ハチマキ用の布と裁縫《さいほう》セットを手に、苦手な刺繍《ししゅう》に挑戦する。

「いたたた…っ」

針で指先を刺すのが何度目になった頃か。

シン、とした空気に気づき、涙目で家庭科室を見渡すと、残っている者は誰もいなかった。

どうやら最後になってしまったようだ。

そのとき。

「まだやってるの？」

様子を見に来た獅子尾が、入口から顔をのぞかせる。

すずめはドキリとして、あわててハチマキを隠そうとした。

が、遅かったようだ。獅子尾はこちらの手元を見て、ちらりと笑う。

「馬村に？」

「…………」

答えに迷っていると、彼は笑顔のままうなずいた。

「喜ぶよ、あいつ。でももう遅いから——」

「はい。帰ります」

あわてて手にしていた道具を片付け、すずめはそそくさと立ち上がる。

しまいきれなかったものは抱えるようにして持ち、獅子尾の前を横切った。

「失礼します」

――と。

「ちゅんちゅん」

ふいに、その名前で呼ばれ、思わず足を止める。

「……え？」

「あ、……いや……」

呼び止めた獅子尾も、なぜか驚いたような反応を見せる。

そのまま、気がつけば向かい合って立ちつくし――そのおかしな空気から逃げるように、すずめは一礼して足を踏み出した。しかしその矢先。

「あっ……」

作業台にぶつかって、つまずいてしまう。

両手のふさがっていたすずめは、頭から床に転びそうになり――

ぎゅっと目をつぶったとき、獅子尾がとっさに受け止めてくれた。

バラバラと、抱えていた手芸道具が床に散らばる。

緊張に身を固くしていると、一度は離れようとした獅子尾の手に、力がこもるのを感じた。

（……え？）

すずめは思わず目を見開く。その視界に、馬村にあげるハチマキが飛び込んできた。

「――――っ」

そのとたん、すずめは獅子尾の腕の中から逃れ、家庭科室を駆け出していく。

バタバタと廊下《ろうか》に響く足音が、頭を心をかき乱す。

ハチマキをにぎりしめて廊下を走りながら、すずめは自分がひどく混乱しているのを感じた。

※

パーン！　と校庭にピストルの音が響く。

大音量のＢＧＭをかき消すように、生徒達の歓声が湧き上がり、実況のアナウンスがそれに重なる。

体育祭の当日は快晴で、校庭はどこまでも盛り上がっていた。

すずめも、ゆゆかたちと一生懸命クラスの応援に参加したものの、リレーの時間が近づいてくると、そっと皆のそばを抜け出す。

『クラス対抗リレーに出場する人は、本部に集合してください。クラス対抗リレーに……』

アナウンスの中、ハチマキをにぎりしめて本部の近くに立っているうち、向こうから馬村がやってきた。

「馬村！」

走って目の前まで行き、すずめはハチマキを差し出す。

「あの……あのね、こ、これ……」

苦手なりに必死にがんばった。

そのかいあって、ハチマキには立派な刺繍がついている。

馬村はそれを見て、まばたきをした。

「犬？」

「馬だよ！」

全力でのツッコミに、馬村が笑う。

「わかってるよ」

最近、彼は前よりも笑うようになった。

その顔を見つめていると、馬村はふと真顔に戻る。

「なに？　……なんかお前、ちょっと変だよ」

鋭い指摘にドキリとした。

しかし、なんとか笑顔でやり過ごす。

「こういうの渡したりすんの慣れてないから……照れくさいだけだよ」

「……そっか」

手に持ったハチマキにもう一度目をやってから、馬村はふと背をかがめ、すずめの肩におでこをトン、と載せた。そして小さな声で言う。

「……ありがとう。すっげーうれしい」

やがて顔を上げると、彼は照れくさそうな笑みを見せた。

赤い顔で笑う馬村を見ているうち、すずめは動揺《どうよう》し、胸が苦しくなってくる。

気がつけば「馬村……」と呼んでいた。

「離さないでね」

「……え……？」

「あ、いや。……ごめん、がんばって！」

あわてて首を振るすずめを、馬村は怪訝《けげん》そうに見下ろしてくる。

その視線を振り切るように、すずめはその場から走り去った。

『次はいよいよクラス対抗リレーです。一組、赤、二組、青……』

アナウンスが流れる中、クラスメイトたちの集まる場所まで急いで戻る。

『なお白は、卒業生と先生方の混成チームです。第一走者、鮎川《あゆかわ》先生、第二走者、卒業生、猪俣《いのまた》さん……』

ゆゆかの隣に立ち、馬村を探してトラックを見やったすずめは、思いがけないものを見つけて二度見してしまった。

出走者の中に獅子尾がいる。

彼はニコニコ笑いながら生徒の声援に応え、屈伸をしたり、足首をまわしたりしていた。

「……知ってた？」

ゆゆかの問いに、首を横に振る。

「ううん」

『混成チーム、アンカーは獅子尾先生です』

そのアナウンスに、ゆゆかが目を見張る。

「え、アンカー？　馬村くんもだよね？」

「………」

すずめは無言でうなずく。

そしてトラックにいるふたりを、とまどいと共に眺めた。


出走順に並んだところ、隣に意外な人物の姿を認めて、馬村は顔をしかめた。

「どうしたんですか」

我ながら険のある問いに、獅子尾はひょうひょうと答える。

「べつに。青森《あおもり》先生が怪我《けが》しちゃったから、その代わり」

「キャラじゃないですね」

「そう？　俺、もともと結構アツいよ？」

人を食った返答に、馬村のこめかみがぴくりと動いた。

本気か嘘か、わからないところがイラつく。

すずめもそれに振りまわされたのだ。

馬村は力を込めて獅子尾を見据えた。

「俺も、簡単に手放すつもりないですから」

敵意を込めたつぶやきに、相手は一瞥《いちべつ》をよこしてくる。

その眼差《まなざ》しが、思いがけず鋭いことに気づき、馬村はいっそう闘志が燃え立つのを感じた。

第一走者がスタートラインにつき、パーン！　と、ピストルが鳴りひびく。

全校をあげた歓声の中、レースはまたたくまに進んでいき、中盤まで各チームが抜いたり、抜かされたりの接戦をくり広げた。

が、アンカーの手前でそのバランスが大きくくずれる。

実況のアナウンスが、興奮した声でまくしたてた。

『卒業生の鹿野《しかの》さん、速い！　昨年は高校総体の陸上競技大会で、二百メートル全国三位の成績を残しています！』

その走者は周りをごぼう抜きにして、あっというまに一位まで躍り出た。

ワァッと、ひときわ大きくなったギャラリーの歓声を、馬村は厳しい顔で聞いた。

走者はその勢いのまま、全力で獅子尾のほうへ向かっていく。

バトンの先を見つめながら、獅子尾が低くつぶやく。

「もう、譲《ゆず》らねぇ」

「こっちのセリフだ」

馬村もまた、力を込めて答えた。

応援にわくクラスメイトたちの中で、すずめはトラックに出てくる獅子尾を目で追った。

その隣に馬村が立つ。

「………」

「なんかすごい展開」

ゆゆかがボソリとつぶやいたとき、アンカーの獅子尾の手に、トップでバトンが渡った。

次は馬村だ。タイムにあまり差はない。

他の走者も次々に走り出していく。

しかし最終走者たちの先頭は、獅子尾と馬村が維持していた。

「あの二人……」

ハラハラとした口調でつぶやくゆゆかに、うなずく余裕もない。

すずめはひたすら、じっと二人を見つめ続ける。

馬村はみるみるうちに獅子尾に追いついた。

が、獅子尾も簡単には抜かされない。

どちらも一歩も譲らず、ほんのわずかな競《せ》り合いが続く。

二人とも鬼気迫る表情で、必死の走りを見せている。

すごいすごい、と生徒たちから歓声が上がった。

ワァァ…！　と、どちらの応援も最高潮に盛り上がる。

しかしそのとき。

すずめの耳に歓声は届いていなかった。

それどころか世界は音をなくしていき、ただ二人の走る姿だけが、見えるもののすべてになる。

ゴール前。

あと五メートル。

そこまで来ても、二人はまだ横に並んでいる。

気がつけば、すずめはありったけの声でさけんでいた。

「がんばれ!!!」

まるで、その声が聞こえたかのように。

馬村が力を振りしぼり、前へ飛び出していく。

そのまま最初にゴールテープにふれ――その後、他の走者が次々になだれこんでいった。

「勝った！」

すずめの周囲で、クラスメイトたちがいっせいに跳びはね、歓声を上げる。

しかしすずめはトラックの一点を、だまって見つめていた。

ひざに手をつき、息を切らしている獅子尾を。

『ただいまの結果、一位、一組、二位、先生方、卒業生方のチーム、三位……』

アナウンスを耳にした獅子尾は背をのばし、周囲からのねぎらいに、疲れたような笑顔を浮かべている。

生徒たちから名前を呼ばれると、そちらに向けても手をふった。

(先生……)

心の中でぽつりとつぶやく。

――――と。

視線を感じて少し横に目を移すと、馬村がこちらを見ていた。

目が合ったすずめは、あわてて笑顔を浮かべる。

けれど馬村は笑わなかった。

すずめの顔からも、少しずつ笑みが消えていく。

とっさに出た「がんばれ」は、誰に向けてのものだったんだろう?

自分の心のことだというのに、なぜか答えは出なかった。

11

高三の時間は、流れるのが早い。

期末試験が終わると、あっというまに夏休みが目の前にせまり、すずめたちには受験という名の現実が、容赦《ようしゃ》なくのしかかってくる。

その日、ホームルームが終わり、ざわつく教室に向けて担任が言った。

「特別講習に参加する人は、この後残ってくださーい」

特別講習とは、山間《やまあい》の施設に数日滞在し、集中して勉強する任意参加の行事である。

ゆゆかたちと共に、すずめも教室に残った。

この暑い季節、ひとりで家にいたのでは、きっと勉強に身が入らない。

配られたプリントに書かれたカリキュラムを目にして、猿丸《さるまる》が大げさに嘆《なげ》いた。

「なにこれマジで一日中勉強ばっかじゃん！」

「しょーがないよ」

「わたしたちも一応三年なんだから」

プリントに目を落としながら、ツルちゃんとカメちゃんが、やっぱりうんざりした顔で言う。

そんな中、すずめは、荷物をまとめて帰ろうとしている馬村《まむら》に気がついた。

同じことを察したらしい犬飼《いぬかい》が、「あれ？」と声を上げる。

「馬村も行くっしょ？」

「ああ俺は、いいわ」

短く言い置いて、馬村はバッグを手に教室の出口に向かう。

すずめは席を立ち、それを追いかけた。

「待って。行こうよ」

声をかけると、彼はぴたりと足を止める。

「わたし、馬村と一緒に行きたい」

続けての懇願《こんがん》に、ちらりとこっちを一瞥《いちべつ》して。

「わかったよ」

肩にかけたバッグを机の上にドンッと置き、馬村は椅子《いす》に座り直した。

けれどそれだけ。

犬飼が渡したプリントを受け取り、だまって目を通す。

——体育祭の日から、馬村との間に、ほんの少しだけ距離ができたように感じる。

それはたぶん、ごくごく些細《ささい》なもの。

けれど無視をするには大きくて。

すずめにはそのわずかな溝《みぞ》を埋める方法が、どうしてもわからなかった。


夏の強烈な日差しも、山の中まではさほど影響を及ぼさない。

まして日がな一日コンクリートの建物の中にいるのでは、炎天下が懐かしいくらいだ。

「はい、時間です。後ろから解答用紙を集めて」

腕時計を見ていた教師が手を上げると、必死に模擬《もぎ》テストに向かっていた生徒たちから、「ひぃぃぃ」と情けない声が上がった。

結果に自信が持てず、げんなりするすずめの視線の先で、犬飼と猿丸が、両腕を投げ出して机に突っ伏している。

「ダメ、俺もうダメ……遊ばしてくれよー」

「耐えろ猿丸。これが終われば三十分自由だ！」

三十分の自由時間。

その言葉に、ふと馬村の方を見る。

と、ほぼ同時にこちらを見た馬村と目が合った。

以前なら、お互いに緊張して、ぎくしゃくと視線を泳がせるできごと。

でも今は——馬村は迷うそぶりなく、スッと目を逸《そ》らす。

拒絶、というよりも……、どこかさみしげな。

その反応に心をゆらしつつ、すずめもそっと目を伏せた。

※

すずめが学校の特別講習に出かけてしまった、翌日。

諭吉《ゆきち》の店を、思いがけない客が訪ねてきた。

ドアベルにふり向いた諭吉は、カウンターの内側で、洗い物をしていた手を止める。

「……いらっしゃい。久しぶり」

「……どうも」

入口に立っていたのは獅子尾《ししお》だった。

すずめとのことを問い質《ただ》して以降、一度も顔を見せなかった相手だ。

あの後、すずめの様子から、獅子尾が教師として——大人として、きちんとふるまったようだということを、察してはいたのだが……。

「どしたの？　座れば？」

入口に立ったままの獅子尾に声をかけると、彼は首を横に振った。

「いえ、ここで。——諭吉さん」

「……………？」

「すみません。俺、ごまかすの、やめます」

※

休憩《きゆうけい》時間のあいだ、生徒たちは鬱憤《うつぷん》を晴らすかのように、外に出て騒がしくしゃべっていた。

この宿舎は湖畔《こはん》にあり、敷地内には湖に面した公園もある。

はじめみんなの輪の中にいたすずめは、馬村がぽつんと離れたところに座っているのを見かけ、そちらに向かう。

「隣、いい？」

「……ああ」

芝生《しばふ》に腰を下ろすと、湖の景色が視界いっぱいに広がった。

しばらくだまって景色を眺めていたすずめは、やがて意を決して馬村に話しかける。

「あのさ」

「お前さ」

――期せずして同時に口を開いた馬村と、気まずく見つめ合う。

「……ああ、いや」

「……いいよ、なんだよ」

ゆずり合った末、すずめの方が先に切り出した。

「あのね、お願いがあるんだけど」

「……なに」

「馬村さ、何か……思ってることがあるなら、気持ち、正直に言ってほしい」

自分の中に抱え込んでしまうのではなく、きちんと示してほしい。

すずめは、ゆゆかみたいに、人の気持ちを簡単につかむことができないから。

ひとりで悩んで、いくら考えても、どうしても正しい答えが見つからない。

「ああ。……って、なんだよ。それだけか」

軽く言って、馬村は芝生から腰を上げた。

すずめもつられて立ち上がる。

「馬村の話は？」

「俺のは、いい」

さらりと流して、馬村はそのまま宿舎の建物に向かっていく。

すずめはお尻をパタパタはたきながら、ため息をついた。

何かあるなら言ってと、伝えたばかりなのに。

どうしようかと周りを見たとき、ゆゆかたちが近づいてくる。

前に出てきたカメちゃんが、「ねーねー」と甘える口調で言った。

「すずめちゃん。ちょっと相談なんだけどね」

「なに？」

馬村のことが気になり、宿舎をチラ見するすずめに向けて、ツルちゃんは頼み事をするように、胸の前で手を合わせる。

「この講習が終わったらさ、打ち上げやれない？　また叔父《おじ》さんのお店で。みんなで」

犬飼と猿丸が、その後ろでうんうんとうなずいている。

「パーッとやらせてよ。そういうのないと俺もうムリ……」

「テンション、ダダ下がりなんだもん、猿丸」

その提案は、すずめにとっても願ってもないことだった。

少しくらい何か楽しいことをしたい。

「みんなで？　いいね。叔父さんに聞いてみる」

よーし！　と早々に歓ぶ面々から離れて、ひと足先に宿舎に戻り、静かなところでスマホを取り出す。

「叔父さん？　仕事中ごめんね。あのね、今週末って……」

しかし――

話し出したすずめを遮《さえぎ》るように、電話の向こうから、尋常《じんじょう》でない様子の諭吉の声が聞こえてきた。

『ごめん、すずめ！　今ちょっと大変なんだ。獅子尾くんが……っ』

「え？」

差し迫った雰囲気《ふんいき》と、耳にした名前に、すっと血の気が引く。

「……先生が、どうしたの？」

頼りない声で聞き返したすずめに向けて、諭吉は思いがけない事態を知らせてきた。

通話を終え、スマホを握りしめたままぼう然としていると、宿舎の入口から馬村が出てきた。

立ちつくすすずめの様子に、彼はわずかに首をかしげる。

「どした？　……なんかあった？」

「……ううん？　何もないよ。……休憩時間って短いよね」

なるべく冷静に言いながら、脇をすり抜けて行こうとすると、馬村が強く呼び止めてくる。

「お前さ！」

大きな声に、すずめは思わず足を止めた。

「隠しきれてねーんだよ。お前のことなんか、全部わかる。何があった？」

確信をもってうながされ、のろのろとそちらを振り返る。

そして不安にふるえる声で言った。

「……先生が、事故に遭《あ》ったって」

「え」

「今、病院に……」

「…………」

「わたし……」

言いかけて、その後の言葉が出てこない。

もう獅子尾とは関係なくなったというのに、急な知らせにひどく動揺《どうよう》してしまう。

馬村がいるのに、どうして。

いや、この場合、馬村のことは関係ない？

どう考えればいいのかわからない。それどころか、どう感じればいいのかすら……。

頭の中で、耳にした事実がただグルグルまわる。

そんなすずめを、馬村はふいに抱きしめてきた。

「…………！」

すずめの髪に頬《ほお》を寄せて、一度、抱きしめる腕にぎゅっと力を込めると、彼はすずめから身を離す。

そして、真正面からすずめの目を見た。

「行けよ」

「え？　行けって、なに……」

「自分の気持ち、言わないのはお前のほうだろ」

指摘は、ぐさっと胸につきたった。

しかしそれでも、すずめはあくまで首を横に振る。

そんな事実はないふりをする。

「何言ってんの……？」

だが馬村はごまかしを許さなかった。

「わからないなら、ハッキリ言ってやるよ。お前はまだあいつのことが好きなんだよ」

「ちがう」

「ちがくねえだろ！　いっこも忘れられてねえくせに強がんな。逃げんなよ！」

「…………」

「逃げっぱなしのお前なんか、見たかねーよ」

向かい合って立ち、すずめは馬村をじっと見上げる。

馬村も、痛みをこらえる眼差《まなざ》しで、まっすぐに見つめてきた。

傷つけたくなかった。

獅子尾のことは、忘れたつもりだった。

馬村の方を向こうと努力した。

馬村だけを――

「早く行け‼」

心の中の言い訳を一刀両断する声に、すずめは迷いを断ち切る。

「……ごめん」

それだけ言うと、きびすを返して駆け出した。

全力で走りながら、少しずつ理解する。自分はやっぱり、こうしたかったのだ。

事故に遭った獅子尾がどうしているのか、考えながら悶々《もんもん》と過ごすよりも。

今すぐ駆けつけていきたかった。

施設の最寄《もよ》り駅に着くと、ホームに向けて階段を駆け上がり、駆け下りる。

しかし電車は目の前で発車してしまった。

がっくりとベンチに腰を下ろし、にぎりしめたままだったスマホの時計を見る。

と、メッセージの受信表示があった。

馬村からだ。

『誘ってくれてうれしかった。ありがとう』

画面を見つめている間にも、ピコンと、新しく受信する。

『じゃあな。バーカ』

やさしいメッセージに、胸が引きしぼられるように苦しくなった。

スマホをぎゅっとにぎりしめて、抱えこむ。

前に進むのと、見ないふりをするのとは違う。

本当は自分でも気づいていたのに。

そんなことまで馬村に言わせた。

(ごめん。ごめんなさい――)

※

東京に戻ったすずめは、その足で諭吉から聞いた病院に向かった。

正面玄関から駆け込み、どこに行けばいいのか、ロビーできょろきょろと頭をめぐらせる。

見渡しながら、ずらりと並ぶベンチの間を歩いていると――

「ちゅんちゅん?」

ふいに、近くでそんな声がした。

あわててふり向くと、ベンチのひとつに、獅子尾が座っている。

無傷で。

「…………」

息せき切って立ちつくし、すずめはぼんやりとつぶやいた。

「……先生……？」

※
「ねえ！　あの子、獅子尾先生に会いに帰ったって本当⁉」

夕食の時間。ぼんやりと、窓の外の夕焼けを眺めていた馬村のもとへ、猫田《ねこた》ゆゆかがやってくる。

彼女はなぜかひどく怒っているようだった。

馬村が反応せずにいると、「ねえ！」とくり返す。

窓の外に目を向けたまま、馬村はぽつりと言った。

「俺が行かせた」

「なんで……っ」

「俺、思ってたんだよ。誰かの代わりでもいいから、好きなやつのそばにいたいって。でも……」

すずめは最初に言っていた。

馬村と獅子尾は全然ちがう。

ちがっていて、あたりまえだと。

「代わりなんかいないし、なれない。それだけの話」

自分にとって誰も、彼女の代わりにはならないのと同じように。

「他のやつとどこがどう違うかなんて、わからない。でも、なんでか知らねえけど、考えるのはいつも――いっっっつもあいつのことで」

「……うん……」

「一瞬でもいいから思って欲しかったんだ。俺といるときは、幸せだって」

沈んでいく夕日を静かに見つめる。

一日の終わりは、どんな季節でももの悲しい。

馬村はテーブルに頬杖《ほおづえ》をつき、静かにその景色を眺めた。

※

病院のロビーのベンチに、すずめは獅子尾と肩を並べて座った。

獅子尾はいつもの笑顔を向けてくる。

「君には驚かされてばっかだな」

「……すみません。……いえ、あの……叔父《おじ》さんが、先生が事故に遭ったって……」

「事故ってほどでもないよ。諭吉さんの店の前で自転車とぶつかって。頭、念のため検査しただけ……」

「……そう、ですか……。よかった」

いまだに青い顔で相づちを打つすずめに、獅子尾は軽口をたたく。

「なに、もしかして、俺が病院にいるって聞いて飛んできちゃった？」

「はい」

まじめにうなずくと、彼は驚いたようだった。

「…………」

「先生のことが心配で来ました。ダメですか？」

「……いや……」

「あと」

すずめは、獅子尾を正面から見上げる。

「自分の本当の気持ちと、先生の気持ちに向き合うために、来ました」

「……そうか」

こちらの本気を感じたのだろう。

獅子尾も、ふざけ半分の顔を消して、真摯《しんし》に向き合ってくる。

「先生はわたしをどんなふうに見ていたんですか？」

ストレートに訊ねると、彼は考えるそぶりで前髪をかき上げ、やがて自分の心の中を探るように宙を見つめた。

「いつからかな……よく、わからない。君はほんと……危なっかしくて、目が離せなくて」

「………」

「気づいたら他の誰かといるときと、何か違っていた。君といると楽しい。……君が他のやつといると渡したくない。……これはマズいなって、思って。こっちは大人だし、教師だし。君を守らなきゃいけない立場だし。――でもそんなのは全部、言い訳だった」

訥々《とつとつ》と語る言葉は、不思議とすんなり心に入ってくる。

それだけ本心に近いということなのだろうか。

すずめの告白を拒《こば》んだときの、すらすらとした牽制《けんせい》の言葉とは、全然違う。

獅子尾は、後悔するように頭を振った。

「……好きじゃなかったなんて言って、ごめん」

熱のこもった目が――大人の本気の目が、まっすぐに見つめてくる。

「好きだよ、すずめ」

「………………」

獅子尾の目で。獅子尾の声で、そんなふうに言われ、すずめは言葉を失ってしまう。

もし――もし同じことを、あの告白の時に言われていたら、どんなにか嬉しかっただろう。

とっさに考えたのは、そんなことだった。

今は？

自分に訊ねたとき、出てくる答えはない。

「……わたしも、先生のこと、好き……でした」

「過去形だね」

獅子尾がフッと笑う。

すずめはうなずいた。

「わたし、先生にもうやめようって言われてから、自分の気持ち、考えないようにしてました。ずっと。でも先生が病院にいるって聞いたとき、なんかブワッて。ああ、そうかって。わたしの心ん中、消えないしこりみたいに、ぽつっと、やっぱ先生がいるんだって、わかったんです。……でも」

心の中から、完全に獅子尾を消すことはできないのだと気づいた。

けれど——それでも、今すずめの心の中にいるのは、彼だけではない。

獅子尾は、そんなすずめの思いを心得ているかのように、やさしく促してくる。

「……でも？」

「わたし……わたしが今、大切にしたいと思う人は……先生じゃない」

ひざの上でにぎりしめた手に、ぎゅっと力を入れて。

苦しい思いで告げた言葉に、獅子尾は「うん」とやわらかくうなずいた。

「……ごめんなさい」

「いいんだ。ちゃんと伝えられたんだから」

「……え……？」

「自分の気持ち。ちゃんと伝える。それが相手を大切にするってことなんだと思う」

そこまで言って、彼はほろ苦く笑う。

「俺はそれができなかったから……。だからこんなダサいことになってんだよ」

「…………」

すずめは顔を上げた。

ダサくなんかない。

獅子尾は、今でもすずめにとって特別な存在だ。

「……先生」

「はい」

「前に先生は、わたしの気持ちは憧れに近いって言ったけど、これは……ちゃんと恋でした」

言葉と共に、今までしまい込まれていた気持ちがあふれ出す。

見上げる瞳に、涙が浮かんで頬を伝う。

「誰がなんと言おうと、わたしの、初恋です」

「………」

獅子尾はだまってほほ笑んだ。

すずめは、その前ですっくと立ち上がる。

最後に、獅子尾に向けて深くお辞儀《じぎ》をすると、パッと身をひるがえす。

病院のロビーから走り出す。

来てよかったと、心から思った。

そして。

(初めて好きになった人が、先生でよかった——)

エピローグ

「馬村《まむら》！」

翌日の早朝。

始発電車で、特別講習が行われている施設に戻ってきたすずめは、建物前の公園でひとり景色を眺める人影を見つけ――そしてそれが馬村であることに目ざとく気づき、大きな声を張り上げた。

「馬村！」

名前を呼びながら走っていくと、馬村はきょろきょろと辺りを見まわし――そしてこちらに気がつくや、ぎょっとしたように顔をこわばらせる。

すずめはかまわず、そんな馬村のもとへ走り込んでいった。

「馬村‼」

と、勢いあまって目の前でつまずき、そのままダイブしてしまう。

「うわっ」と叫んだ馬村は、受け止めようとして失敗し、そのまま下敷きになった。

気がつけば、馬村の上に馬乗りになっている体勢——駅から全速力で走ってきたすずめは、しばらくハァハァと息を切らしてへばる。

「……どうしたよ？」

おそるおそるの馬村の問いに、息を整えながら「ごめん」とくり返した。

「ごめん。馬村、ごめん……」

「東京に帰ったんじゃなかったのかよ」

「帰ったよ。帰って、ちゃんと話してきた」

「じゃ、いいじゃん。なんで戻ってくんの？」

「わたしね……先生と向き合うと、先生に気持ちが戻っちゃうんじゃないかって、恐かったんだ。ずっと」

正直な告白に、馬村はすっと表情を消す。

でも、とすずめは首を振った。

「わたし、馬村のことばっか考えるんだよ」

「…………」

「電車の中でも、走ってても、なんかわかんないけど、馬村のことばっか。ずっっっと。

先生と話してても！　……わたしもう、努力なんかしなくても、いっつも馬村のほう向いてる」

馬村を押し倒したまま、すずめは必死に訴えた。


「わたし、馬村が好きだよ」


唐突《とうとつ》な告白に、馬村は息を詰める。

「いっぱい傷つけてごめん。今度はわたしが、馬村を幸せにするから」

「…………」

「よろしくお願いします！」

いっぱいいっぱいの気持ちを込めて言うと、馬村はほっぺたを赤くしつつも、軽く応じた。

「マジで言ってる？」

「こ、この状況で冗談言わないよっ」

「あ、そ」

そっけない返事に、ちょっと不安になる。

「あ、そ、って。なんでそんな……」

「なんか響いてこなかったから。あ、じゃあさ。ちょっともっかい言ってよ。今度はちゃんと聞くから」

「え」

なんだか上から目線の馬村に、すずめはムキになったようにうなずいた。

「いいよ。言うよ？」

相手の目を見て、小さな声で続ける。

「好き――」

言い終わるのを待たず、馬村はすずめの背中に両腕をまわし、顔を近づけてきた。

え、と思う前に、くちびるが重なる。

「…………」

（――え？）

これは……もしかして、キス？

突然のできごとに硬直していると、彼は顔を離し、嬉しそうに笑った。

「俺も」

「今、」

すずめはカチコチに固まって、上ずった声を張り上げる。

「今、今、今……やったよね、今……!!」

「なんだよ。しちゃ悪いかよ」

「いや、そうじゃないんだけど、初めてだったから、なんか。……いや、馬村、案外くちびるやわらかいなとか。おや、意外と鼻ってぶつからないんだな、とか……っ」

「うるせー。お前いちいちそういう、どうでもいいこと言うなって言ってんだろ！」

「だってびっくりして。ほら、一瞬だったから……あれ？　って思ってるうちに……っ」

馬乗りになったまま、緊張のあまりムダ口をたたきまくるすずめの口を、馬村はもう一度くちびるでふさいでくる。

すずめは、ふたたび言葉を失った。

※

「あーあ、やだやだ。朝からムカつくもん、見ちゃった」

せっかく早起きをして、朝食前に清々しい山の空気を吸いに出ようかと思っていたというのに。

目の前の公園で、ヨリを戻したらしい馬村とすずめがイチャイチャしている。

腕を組んであきれつつ、顔は自然ににやけてしまった。

昨日、どうなることかと思っていた分、ホッとした気持ちだ。

そこへ、ツルちゃんとカメちゃん、それに猿丸《さるまる》と犬飼《いぬかい》もやってくる。

「あれ、ゆゆか？　早いね」

「散歩？」

宿舎の入り口から出てきた彼らに、ゆゆかは手をふった。

「あー、そっち行かない」

「なんで？」

「今いいとこだから。あの二人」

※

始発電車に乗るすずめを見送り戻ってきた諭吉《ゆきち》が、店の前で清掃《せいそう》をしていると、そこに獅子尾《ししお》がやってきた。

予感はあったため、諭吉は笑って迎える。

「どした、早いね」

「なんか食わしてくださいよ。妙に、腹が減っちゃって」

お腹をさすりながら、獅子尾は晴れやかに笑った。

「ふられました」

※

いつか見た昼の流れ星は、キラキラ輝いてすごくきれいだった。

でも星って、ほんとはずっと空にあって、いつもそこにいてくれる。

わたしが見つけたのは、そんなひるなかの星だった。

こんなこと言ったら、またうるせーって言われるかな？　ねぇ、馬村。

「馬村さ。顔、赤くなんなくなったね」

「うるせぇ」

予想通りの答えに、すずめは噴き出す。と、馬村もいっしょに笑う。

すごくまぶしくて、見てるとくらくらして、泣きたくなるくらいドキドキして。

でもなんか、目が離せない——

それは、すずめだけの星みたいな笑顔だった。

※この作品はフィクションです。実在の人物・団体・事件などにはいっさい関係ありません。

集英社オレンジ文庫をお買い上げいただき、ありがとうございます。
ご意見・ご感想をお待ちしております。

● あて先
〒101-8050　東京都千代田区一ツ橋2-5-10
集英社オレンジ文庫編集部 気付
ひずき優先生／やまもり三香先生

映画ノベライズ
ひるなかの流星

集英社
オレンジ文庫

2017年2月22日　第1刷発行

著　者　ひずき優
原　作　やまもり三香
発行者　北畠輝幸
発行所　株式会社集英社
〒101-8050東京都千代田区一ツ橋2-5-10
電話【編集部】03-3230-6352
【読者係】03-3230-6080
【販売部】03-3230-6393（書店専用）
印刷所　株式会社美松堂／中央精版印刷株式会社

※定価はカバーに表示してあります

ISBN 978-4-08-680122-5 C0193

集英社オレンジ文庫

ひずき優

書店男子と猫店主の長閑《のどか》なる午後

横浜・元町の『ママレード書店』で、駆け出し絵本作家の
賢人はバイト中。最近、店で白昼夢を見る賢人だが――？

書店男子と猫店主の平穏なる余暇

『ママレード書店』の猫店主・ミカンの正体は、人の夢を
食らう“獏”。ある日、店に賢人の友人がやって来て…？

好評発売中

【電子書籍版も配信中　詳しくはこちら→http://ebooks.shueisha.co.jp/orange/】